10 contos maravilhosos dos irmãos Grimm

© Copyright das ilustrações 2020 by Renato Moriconi

Direitos de edição da obra em língua portuguesa no Brasil adquiridos pela Editora Nova Fronteira Participações S.A. Todos os direitos reservados. Nenhuma parte desta obra pode ser apropriada e estocada em sistema de banco de dados ou processo similar, em qualquer forma ou meio, seja eletrônico, de fotocópia, gravação etc., sem a permissão do detentor do copirraite.

Editora Nova Fronteira Participações S.A.
Rua Candelária, 60 — 7º andar — Centro — 20091-020
Rio de Janeiro — RJ — Brasil
Tel.: (21) 3882-8200

Dados Internacionais de Catalogação na Publicação (CIP)
(Câmara Brasileira do Livro, SP, Brasil)

Lobato, Monteiro, 1882-1948
   10 contos maravilhosos dos irmãos Grimm / autor Irmãos Grimm ; tradução e adaptação Monteiro Lobato ; ilustrações Renato Moriconi. -- Rio de Janeiro : Nova Fronteira, 2020.
     64 p.

ISBN 978.85.209.4584-1

1. Contos - Literatura infantojuvenil
2. Literatura infantojuvenil I. Grimm, Jacob, 1785-1863. II. Grimm, Wilhelm, 1786-1859 III. Moriconi, Renato. IV. Título.

Índices para catálogo sistemático:

1. Contos : Literatura infantil 028.5
2. Contos : Literatura infantojuvenil 028.5

Maria Alice Ferreira - Bibliotecária - CRB-8/7964

SUMÁRIO

A menina da capinha vermelha 6

O ganso dourado 11

As enteadas e os anões 16

O alfaiate valentão 22

Os músicos de Bremen 30

Rumpelstiltskin 34

Os dois irmãozinhos 39

O nariz de légua e meia 45

Rapunzel 52

Pele de urso 57

A MENINA
— DA —
CAPINHA VERMELHA

Era uma vez uma menina boazinha, apreciada por todos e principalmente por sua avó, que já não sabia o que fazer para agradá-la. Deu-lhe muitas coisas bonitas e entre elas uma capinha de veludo vermelho que a menina começou a usar todos os dias. Daí lhe veio o nome de Capinha Vermelha.

Certa noite a mamãe chamou-a e disse:

— Capinha, recebi recado que vovó está adoentada. Amanhã bem cedo vista-se e vá levar lá este pão de ló e esta garrafa de vinho. Mas não corra, que cai e quebra a garrafa. Também não se esqueça, quando entrar no quarto de vovó, de lhe dar bom-dia. Nem se ponha a reinar muito, que a incomoda, ouviu?

— Sim, mamãe, farei tudo direitinho como a senhora quer — respondeu a boa menina.

A vovó morava na floresta, um pouco longe da vila. No dia seguinte, bem cedo, Capinha pulou da cama, vestiu-se e lá se foi, com o doce e o vinho numa cesta. Ao atravessar a floresta, encontrou um lobo de cara muito feia. Capinha, que nunca tinha visto lobo, pensou que fosse algum cachorro perdido e não teve medo nenhum.

— Bom dia, Capinha! — disse o lobo.

— Bom dia, senhor bicho! — respondeu ela.

— Para onde vais tão cedo e com tanta pressa?

— Vou à casa de vovó, que está adoentada.

— E que levas na cesta?

— Um pão de ló e uma garrafa de vinho.

— E onde mora tua vovó?

— Lá longe, a um quarto de hora daqui, numa casinha que tem dois carvalhos e três pereiras de um lado.

O lobo, que estava com fome, teve vontade de comer as duas, a avó e a neta, apesar de que carne de velha não é petisco de que lobo goste. Bom, apenas para encher a barriga; depois comeria a menina como sobremesa.

— Capinha Vermelha — disse o lobo —, veja quanta flor bonita há por aqui e como os passarinhos estão cantando alegres esta manhã. Você vai tão ligeira que nem repara nestas lindas coisas.

O que ele queria era que a menina se distraísse pelo caminho e lhe desse tempo de correr à casa da velha e comê-la antes que Capinha chegasse.

A menina olhou em volta e viu realmente muitas flores que brincavam com os raios de sol; também notou que todos os passarinhos estavam cantando. E teve uma ideia.

— Vou levar para vovó um lindo buquê de flores do campo — disse consigo. — Ainda é muito cedo. Tenho tempo de sobra.

Assim pensou e assim fez. Começou a colher florinhas silvestres, uma aqui e outra lá, para reunir um grande buquê. Enquanto isso, o lobo foi correndo em procura da casa que tinha dois carvalhos na frente. Encontrou-a, viu que tinha também três pereiras ao lado e, certo de que era ali mesmo, bateu: *toque, toque, toque.*

— Quem está aí? — perguntou lá de dentro a velha.

— Sou eu, Capinha Vermelha, vovó! Trago um presente para a senhora — disse o lobo, imitando a voz da menina.

— Erga a tranca e entre — respondeu a velha com voz fraca. — Estou na cama e sem ânimo de me levantar.

Sem esperar por mais, o lobo ergueu a tranca da porta e entrou e avançou para a velha e a devorou num instante. Depois vestiu-se com a roupa dela, pôs-se a sua touca na cabeça e deitou-se na cama, cobrindo-se com o cobertor.

Enquanto isso, Capinha andava de um lado para outro na mata, colhendo flores silvestres, até que formou um grande buquê. Por fim, disparou na carreira até a casa dos dois carvalhos. Ao dar com a porta aberta ficou muito admirada, pois que era a primeira vez que isso acontecia. Mas entrou, embora um tanto desconfiada.

— Bom dia, vovó! — disse ela ao ver o vulto de sua avó na cama, que ficava num quarto meio escuro.

— Bom dia, minha neta! — respondeu o vulto numa voz esquisita.

A menina estranhou aquela voz e, prestando mais atenção, estranhou também o jeito de sua avó, cujas orelhas haviam crescido muito.

— Que orelhas tão grandes são essas, vovó? — perguntou a menina, espantada.

— São para melhor te ouvir, minha neta!

— E que olhos tão arregalados são esses, vovó?

— São para melhor te ver, minha neta.

— E que mãos tão peludas, vovó?

— São para melhor te acariciar, minha neta.

— E que dentes tamanhos, vovó?

— São para melhor te devorar! — respondeu o lobo, saltando da cama sobre a menina e devorando-a com cesta e tudo.

O lobo havia comido a velha e a menina com intervalo de minutos, de modo que se sentiu pesado e sonolento como uma jiboia. Voltou para a cama e ferrou logo no sono, roncando alto de se ouvir longe.

Um lenhador, que estava a cortar lenha ali por perto, ouviu os roncos. Estranhou aquilo. Largou do trabalho para ir ver o que era. Dando com o lobo a dormir regaladamente na cama da velha, ficou muito admirado, porque se tratava de um lobo que todos os moradores daquelas redondezas viviam perseguindo sem nunca o poderem pilhar. Caminhou para ele na ponta dos pés e, de repente, *zás!*, matou-o com três ou quatro valentes machadadas.

Esta história é muito triste, mas bem pode ser que as coisas não se tenham passado exatamente assim. Um homem que morava perto, e portanto devia saber das coisas melhor que os que moravam longe, contou, mais tarde, que tudo aconteceu de um modo muito diferente.

Disse que quando o lobo encontrou a menina na floresta e pôs-se a conversar, ela não respondeu uma só palavra e foi andando seu caminho sem nem olhar dos lados. E que assim que chegou à casa da vovó contou-lhe o seu encontro com o lobo.

— Vamos fechar, bem fechada, a porta — disse a velha —, porque o maldito deve estar em caminho para cá. O que ele quer é nos comer.

Fecharam, bem fechada, a porta e ficaram à escuta, muito quietas. Logo depois o lobo chegou; e certo de que havia vindo primeiro que a menina, bateu, dizendo com voz disfarçada:

— Sou eu, a menina da Capinha Vermelha, que vem trazer para sua vovó um doce e uma garrafa de vinho.

Mas as duas, encolhidas lá num canto, não responderam coisa nenhuma. Era o mesmo que não existirem.

Danado da vida, o lobo trepou ao telhado e ficou à espera de que a menina saísse para a devorar. A velha, então, resolveu pregar-lhe uma peça de bom tamanho. Para isso, encheu um grande caldeirão com água, que pôs a ferver no fogo, com um pedaço de carne dentro. Quando a sopa ficou no ponto, ela entreabriu a porta e botou o caldeirão para fora. Assim que o vapor e o cheiro da carne chegaram ao telhado, o lobo, que estava morrendo de fome, não pôde resistir e espichou a cabeça para espiar o que era. Nisto, escorregou do telhado e caiu com a cabeça dentro do caldeirão fervendo. Morreu cozido! E assim, graças à astúcia da velha, Capinha pôde voltar para casa, muito alegre, sem que nada houvesse acontecido, nem a ela nem à sua querida vovó.

O GANSO DOURADO

Era uma vez um homem que tinha três filhos. O mais jovem chamava-se João Bobo, e por isso mesmo era desprezado e caçoado por toda gente. Um dia, em que o filho mais velho tinha de ir ao mato cortar lenha, sua mãe lhe preparou um pão de ló e lhe deu uma garrafa de vinho. Logo ao entrar no mato o rapaz encontrou um velho, que, depois de o saudar, lhe pediu um pedaço do pão de ló e um trago do vinho, visto como estava morrendo de fome e sede.

— Se eu lhe der o que me pede, ficarei sem nada — respondeu o rapaz —; não sou tão bobo assim. E dizendo isso continuou para a frente.

Em certo ponto viu uma árvore seca, que se pôs a cortar; mas de repente errou o golpe e feriu-se profundamente na perna. Viu-se obrigado a voltar para casa, a fim de cuidar do ferimento, sem desconfiar que o causador daquilo fora o velho ao qual negara pão e vinho.

Dias depois o segundo filho resolveu ir à floresta, e a mãe, como já fizera ao primeiro, deu-lhe também uma garrafa de vinho e um pão de ló. Ao embrenhar-se no mato esse rapaz encontrou o mesmo velho, o qual lhe pediu um pouco do seu vinho e um pedaço do pão de ló. Mas, como o irmão, ele também se negou a dividir com o velho a merenda e continuou seu caminho. O castigo de tal avareza não se fez esperado. Nem bem dera início ao corte de uma árvore e já o machado lhe escapa das mãos e o fere profundamente numa das coxas. Viu-se forçado a voltar para casa, mancando e gemendo.

Chegada a vez de João Bobo, pediu ele ao pai que o deixasse ir lenhar.

— Não — disse o pai —, seus irmãos já se machucaram e o mesmo acontecerá a você, que, além do mais, nunca foi lenhador.

Mas João Bobo tanto implorou que afinal o pai consentiu que ele fosse buscar a lenha que os outros não tinham conseguido trazer. Deu-lhe a mãe um bolo assado nas brasas e uma garrafa de cerveja azeda.

Logo que o rapaz pôs o pé no mato, topou com o velhinho.

— Dê-me de comer e de beber — disse este —, pois estou morrendo de fome e sede.

— Só tenho um bolo assado nas brasas e uma cerveja azeda, mas se os quer assim mesmo, sentemo-nos aqui e comamos juntos — respondeu João Bobo.

Logo que se sentaram para a refeição, o rapaz viu, com espanto, que o bolo virara em delicioso pão de ló e a cerveja azeda, em ótimo vinho. Após se fartarem com a mágica merenda, o velhinho voltou-se para João e disse:

— Você tem tão bom coração que dividiu comigo o que trazia; em virtude disso vai ter muita sorte. Mais adiante há uma velha árvore; corte-a que encontrará alguma coisa na raiz.

O bom rapaz fez como o velho lhe ensinara, e com grande surpresa encontrou entre as raízes um ganso de penas de ouro. Pegou a ave e levou-a para a estalagem onde pretendia passar a noite. O hospedeiro tinha três filhas, as quais, logo que viram aquela ave maravilhosa, ficaram loucas de inveja, querendo possuir nem que fosse só uma pena do ganso. A irmã mais velha pôs-se a esperar uma oportunidade e, quando João Bobo saiu, correu a arrancar uma das penas mais bonitas. Mas... ficou com a mão presa a uma das asas do ganso, sem poder mover-se. Logo depois veio a segunda buscar também a sua pena e ficou presa do mesmo modo. Afinal apareceu a terceira. As duas prisioneiras pediram-lhe encarecidamente que não tocasse em nenhuma delas. A moça, porém, não vendo razão para isso, encostou a mão no ombro de uma das irmãs e não pôde mais soltar-se.

E, assim, viram-se as três obrigadas a passar a noite inteira presas ao ganso.

Na manhã seguinte, João Bobo tomou a ave sob o braço e continuou seu caminho, sem dar importância às três moças, que, como estivessem presas, se viram obrigadas a acompanhá-lo por toda parte. A meio caminho, um padre, vendo aquilo, não pôde conter-se e gritou:

— Que maroteira é essa? Onde já se viu três moças correndo atrás de um moço? Vamos, acabem com isso!

E assim dizendo agarrou a mais jovem pelo braço, a fim de puxá-la. Mas também ficou preso à moça. Logo adiante apareceu o sacristão, o qual, vendo o senhor padre a seguir as três jovens, abriu a boca, gritando logo em seguida:

— Senhor padre, aonde vai tão depressa? Já esqueceu que tem três batizados para hoje?

Disse e foi correndo agarrar o padre pela batina — e ficou preso também.

Naquela penca marcharam os cinco, um atrás do outro, até avistarem dois lenhadores que voltavam para casa, de machado ao ombro. Imediatamente o padre pediu-lhes que o socorressem. Os lenhadores vieram puxar o padre e ficaram presos também. Elevou-se, pois, a sete o número dos presos ao ganso de João Bobo.

E assim empencados foram andando até chegarem a uma cidade, cujo rei tinha uma filha tão séria que ninguém conseguia fazê-la rir. Isto levou o rei a prometê-la em casamento a quem a fizesse dar uma boa risada.

Logo que João Bobo soube disso, apresentou-se diante da princesa com o seu batalhão. Ao ver aquelas pobres criaturas a seguirem o rapaz por onde ele ia, a princesa pôs-se a rir que nem doida. João Bobo, então, foi exigir do rei a recompensa prometida. O rei, não apreciando muito o futuro genro, apresentou novas condições. Disse que só lhe daria a filha se ele fosse capaz de beber uma adega inteira de vinho.

João lembrou-se do velho da floresta e indo para lá encontrou-o no mesmo lugar onde descobrira o ganso. Estava o velhinho muito triste, sentado sobre um tronco de árvore. João perguntou-lhe a razão daquela tristeza e o velho respondeu:

— Estou com tamanha sede que não sei o que fazer; não suporto água de espécie alguma e um barril de vinho não é nada para mim.

— Pois acompanhe-me que matarei sua sede — disse o rapaz, e levou-o ao palácio.

Chegando lá, o velho entrou para a adega real e bebeu com tanta fúria que pela noitinha não havia um só barril cheio. João Bobo, vitorioso novamente, exigiu a recompensa prometida. O rei, porém, não se dando por vencido, ainda impôs nova condição: a de encontrar um homem capaz de comer um pão do tamanho de um morro. Mais que depressa João Bobo voltou à floresta, onde encontrou um homem a envolver-se numa tira de couro e a fazer caretas horríveis, dizendo:

— Já comi uma fornada de roscas, mas que adianta isso para a minha terrível fome? Continuo com o estômago vazio e tenho de amarrá-lo fortemente, senão acabo morrendo de dor!

— Pois acompanhe-me, que terá pão por muito tempo — disse João Bobo, levando o homem ao palácio, onde o rei já havia ordenado muitas fornadas; e o homem comeu com tanta fúria que ao findar o dia só restavam migalhas.

João Bobo, pela terceira vez vencedor, pediu a recompensa prometida. O rei, sempre apresentando desculpas, propôs uma nova condição. Queria um navio que tanto navegasse em terra como em água.

— Se conseguir isso — falou o rei —, terá finalmente minha filha por esposa.

João Bobo foi direitinho à floresta em procura do velho com quem dividira a merenda. Quando lhe contou a história do rei e disse o que precisava, o velho deu-lhe imediatamente um navio mágico, dizendo:

— Você tem bom coração e portanto merece que eu o ajude a ser feliz. Aí tem o que quer.

Logo que o rei recebeu o navio mágico, nada mais pôde fazer senão dar a filha em casamento a João Bobo. Celebraram-se as núpcias com grandes festas; e mais tarde, com a morte do soberano, João Bobo tornou-se rei e viveu muito feliz, em companhia de sua esposa, por todo o resto da vida.

AS ENTEADAS E OS ANÕES

Há muito tempo houve um homem que perdeu sua mulher, muito boa senhora, no mesmo dia em que uma mulher perdeu o marido, muito bom senhor. Tinham cada qual uma filha, que se davam muito e viviam passeando juntas, de braços dados. Um dia, ao vê-las passar sob a sua janela, a viúva disse à filha do viúvo:

— Pergunte a seu pai se quer casar-se comigo e arranje para que ele queira. Se conseguir isso, juro que darei a você tudo quanto você quiser: vinho para beber e leite até para lavar-se nele. Para a minha própria filha só dou água, tanto para beber como para lavar-se.

Quando a menina voltou para casa e contou ao pai a proposta da viúva, este considerou que o casamento é ato perigoso e muito sério, porque assim como pode trazer a felicidade pode também trazer a infelicidade, e ficou sem saber como decidir-se até que teve uma ideia. Tomou uma das suas botas, que estava furada, e disse à menina que a enchesse de água e a pendurasse num prego da parede. Se a água vazasse, ele não se casaria; mas se não vazasse, ele casaria imediatamente.

A água não vazou (porque a menina havia tapado o buraco), e o homem teve de casar-se com a viúva.

Logo no dia seguinte ao casamento, pela manhã, defronte do quarto da filha do viúvo, estavam o vinho e o leite prometidos enquanto que diante do quarto da filha da viúva só havia água. No segundo dia, porém, defronte do quarto de ambas só havia água e no terceiro havia água só para a filha do viúvo, e leite e vinho em quantidade para a filha da viúva. E assim continuou daí por diante, porque a viúva se encheu de ciúmes da enteada, que era muito mais bonita que sua filha, e começou a fazer tudo para maltratá-la.

Certo dia de inverno muito rigoroso, quando fora de casa só havia neve, a malvada chamou a pobre menina e disse:

— Estou com muito desejo de comer morangos. Tome este cesto e vá colhê-los no bosque; e não me volte enquanto o cesto não estiver cheio.

Disse isso e, em vez de um bom capote de lã, deu-lhe, para abrigar-se do terrível frio, uma capa de papel muito fino. A menina protestou:

— Morangos não há no inverno, a senhora bem sabe. Como tudo está coberto de neve, não poderei nunca encontrar semelhante fruta. Além disso, como posso sair assim, com um frio destes, vestida desta capinha tão leve?

— Faça o favor de não me contrariar — respondeu a madrasta. — Vá e não me apareça senão com os morangos encomendados.

E deu-lhe um pedaço de pão seco, muito duro, pensando lá consigo que a menina logo morreria de fome e frio e assim ficaria livre dela para sempre.

A menina tomou a cestinha e saiu com a sua capa de papel. Tudo estava recoberto de neve, não havendo o menor sinal de folha nas árvores e muito menos de morangos. Andando, andando foi a menina, até que encontrou uma casinha com três anões que espiavam pela janela. Depois de saudá-los delicadamente, a menina bateu na porta. Os anões convidaram-na a entrar e fizeram-na sentar-se perto do fogo, de modo que pudesse aquecer-se à vontade.

Vendo o pedaço de pão, os anões pediram-lhe um naco.

— Com todo o prazer — respondeu ela, dividindo o pão em dois e oferecendo-lhes o maior pedaço. Em seguida perguntaram eles como se arranjava com aquela capinha de papel num tempo tão frio.

— Não sei — respondeu a pobrezinha. — Mandaram-me colher uma cesta de morangos e, se não o fizer, não poderei voltar para casa.

Acabado de comer o pão, os anões deram-lhe uma vassoura e pediram-lhe que varresse a frente da casinha. A menina obedeceu, e enquanto varria, os três anões conferenciaram entre si.

— Ela repartiu conosco o único pão que tinha e é amável e obediente. Que deveremos dar a essa boa menina?

— Eu a farei cada dia mais linda — disse um.

— Moedas de ouro espirrarão sempre que ela abrir a boca — disse outro.

— Há de casar-se com um rei — disse o terceiro.

Enquanto isso, a menina continuava varrendo a neve, como havia sido mandada. De repente, que é que viu? Umas coisinhas vermelhas pelo chão. Olhou bem. Eram morangos, lindos morangos e em quantidade suficiente para vários cestos. Louca de alegria ela encheu a sua cestinha e, apertando a mão dos três anões, com toda a gentileza, deles se despediu e voltou a correr para casa.

Assim que entrou e disse "Boa tarde!", de sua boca saíram várias moedas de ouro, que rolaram pelo chão. E depois disso, cada vez que falava era sempre aquela mesma chuva de ouro.

— Que esperdiçada que é! — exclamou, cheia de inveja, a filha da viúva, pondo-se logo a pensar no meio de ir à floresta buscar morangos, certa de que a mesma coisa lhe sucederia.

— Não vai, não — respondeu sua mãe. — Está muito frio e certamente que você morreria congelada.

— Mas tanto a filha insistiu que a viúva afinal lhe deu licença de ir colher morangos, isso depois de lhe arranjar um bom capote de lã e de a munir de bons bolos, pão com manteiga e vinho.

A filha da viúva lá se foi, em direção à casinha dos anões, que estavam na janela. Chegou e não lhes deu bom-dia, nem bateu na porta. Foi logo entrando, muito sem modos. Sentou-se ao pé do fogo e começou a comer os bolos. Os anões pediram-lhe um pedaço.

— Um pedaço? — respondeu a menina, dando uma risada. — Tinha graça! Não veem que não chega nem para mim?

Logo que acabou de comer os bolos e beber o vinho, os anões lhe pediram que fosse varrer a neve do terreiro.

— Varram vocês, se quiserem. Não sou criada de ninguém. — Foi sua resposta. Depois, vendo que eles nada lhe ofereciam, retirou-se como havia entrado, sem dizer adeus aos donos da casa.

Assim que ela desapareceu os anões conferenciaram entre si sobre o que fariam para tão má menina.

— Há de ficar cada dia mais feia — disse um.

— Cada vez que falar, um sapo saltará de sua boca — disse outro.

— Há de ter um fim de vida muito triste — disse o terceiro.

Enquanto isso, a filha da viúva corria a floresta atrás de morangos, sem que encontrasse nem um pingo. Por fim, desanimada, regressou para casa, furiosa da vida. Chegando, assim que abriu a boca para falar, um sapo pulou fora, e desde então cada vez que falava eram sapos e mais sapos que saíam da sua boca má.

Isso encheu de cólera e ódio a madrasta, e ainda mais ver que cada dia que se passava a filha do seu marido crescia em gentileza e formosura. Um dia teve uma ideia. Tomou um trapo de lã e um machado e disse à menina:

— Vá ao rio, abra um buraco no gelo e lave este pano.

Obediente como era, a boa menina tomou o machado e se foi ao rio, que estava inteiro congelado. E lá começou a dar machadadas no gelo para abrir um buraco. Nisso ouviu barulho. Era uma carruagem majestosa que vinha vindo, com o rei dentro.

— Que está fazendo aí, menina? — perguntou o rei, mandando parar a carruagem.

— Estou abrindo um buraco para lavar este pano — respondeu ela simplesmente.

Vendo o rei que maravilha de beleza ela era, perguntou-lhe se aceitava um lugar ao seu lado e se queria chegar até a corte. A menina aceitou, achando que era um bom meio de ver-se livre da cruel madrasta e da peste de sua filha. Pelo caminho combinaram que se casariam e assim aconteceu logo que chegaram ao palácio real.

Um ano mais tarde a jovem rainha teve um lindo filhinho e como a notícia chegasse à casa da madrasta, esta e a filha lá apareceram, muito humildes, dizendo-se arrependidas e desejosas de conhecer o principezinho.

Como o rei estivesse fora e a rainha se encontrasse só em seu quarto, a madrasta achou boa a ocasião para vingar-se e, com ajuda da filha, arrancou a rainha da cama, arrastou-a até a próxima janela e lançou-a no lago do pátio. Em seguida a madrasta colocou a filha na cama, vestida com as roupas da rainha, e cobriu-a muito bem, de modo que não pudesse ser reconhecida pelo rei quando voltasse.

O rei chegou logo depois, ansioso por falar com a rainha.

— Não — disse a madrasta —, ela está muito abatida e não pode receber ninguém.

O rei acreditou e retirou-se para os seus aposentos. No outro dia, entretanto, insistiu em entrar e ficou horrorizado ao ver que da boca da rainha saíam sapos cada vez que ela falava. Cheio de nojo, perguntou a razão daquilo; mas a esperta madrasta inventou uma explicação qualquer e disse que era coisa que logo passaria.

Nessa mesma noite, um guarda do palácio viu um cisne aproximar-se da beira do lago e dizer:

— O rei, que está fazendo agora? Dormindo ou vigilando?

E como não recebesse resposta, insistiu:

— E as minhas hóspedas, que estão elas fazendo agora?

— Estão dormindo a sono solto — respondeu o guarda.

— E o príncipe recém-nascido?

— Esse dorme em seu berço — respondeu o guarda.

Então o cisne se transformou em mulher (era a rainha) e, subindo as escadas, penetrou no quarto onde dormia o bebê e amamentou-o; depois readquiriu a forma de cisne e voltou ao lago.

Três noites aconteceu isso, mas na quarta o cisne ordenou ao guarda que dissesse ao rei para trazer a sua espada, que devia por três vezes passar por sobre a sua cabeça. O rei assim fez e ao fim da terceira vez o cisne desapareceu, surgindo em lugar dele a rainha, mais bela do que nunca.

Muito alegre ficou o rei, mas tratou de esconder a rainha por uns dias até que o principezinho fosse batizado. Depois disso consultou a madrasta:

— Diga-me, que merece quem arranca uma criatura da cama, para jogá-la no lago pela janela?

A madrasta respondeu:

— Merece ser fechada numa barrica e rolada morro abaixo.

— A senhora acaba de pronunciar a sua própria sentença — disse o rei, ordenando que trouxessem uma barrica de tamanho duplo.

Seus guardas meteram dentro a madrasta e a filha, pregaram a tampa com pregos bem compridos e lançaram a barrica de um morro abaixo, para que tivessem a cruel morte que ambas mereciam pela sua grande maldade.

O ALFAIATE VALENTÃO

Era uma vez um alfaiate que estava sentado à janela da sua casa, costurando um paletó. Nisto ouviu uma vendedora de doces que passava gritando:

— Doces! Pudim especial!

O alfaiate espichou a cabeça para fora da janela e chamou-a. A mulher subiu os três degraus da casa do homenzinho e descobriu o tabuleiro para que ele se servisse à vontade.

— Quero cinquenta gramas deste pudim — disse o alfaiate.

A mulher pesou os cinquenta gramas, recebeu o dinheiro, e lá se foi a resmungar por ter perdido tempo com um freguês tão miserável.

— Agora — exclamou o alfaiate, lambendo os beiços —, vou regalar-me. Comerei este pudim com pão, para render, mas primeiro tenho que acabar este paletó.

Assim dizendo colocou o pedacinho de pudim ao lado do pão e pôs-se a costurar com tamanha pressa que os pontos até pareciam alinhavo. Enquanto isso, o cheiro do pudim atraiu um bom número de moscas que vieram sentar-se nele, muito gulosas.

— Fora daqui, gatuninhas! — gritou o alfaiate ao percebê-las. — Ninguém as convidou para este banquete.

As moscas fugiram, mas logo depois voltaram em maior número. Danado da vida, o alfaiate deu com a costura em cima delas, matando sete.

— Sim, senhor! — exclamou ele para si próprio, admirado da sua bravura. — Sou um valente sem igual. De uma só pancada mato sete! Vou escrever isso numa faixa de pano e andar com ela pela rua. Toda gente vai tremer de medo de mim.

Escreveu estas palavras na faixa: MATO SETE DE UMA VEZ, atou a faixa à cintura e preparou-se para correr mundo. Um homem valente como ele, que matava sete de uma vez, não podia continuar o humilde alfaiate que tinha sido até ali. Antes de sair, porém, meteu no bolso um pedaço de queijo que estava sobre a mesa e também um passarinho que estava na gaiola. E pôs-se a caminho, muito contente da vida, tomando por uma estrada que ia ter ao alto de um morro. Lá chegando, encontrou um gigante. Não teve medo nenhum. Aproximou-se dele e disse:

— Bom dia, gigante! Daqui deste morro onde você mora creio que se pode ver o mundo inteiro. Pois eu não me contento apenas com ver o mundo, quero andar por ele todinho. Por que não me acompanha?

O gigante olhou para o alfaiate com o mais profundo desprezo.

— Miserável vagabundo! Fora já da minha presença, se não o esmago como quem esmaga um verme!

— Miserável vagabundo diz você? Que engano! Olhe para a minha cintura e leia o que está escrito na faixa — disse o alfaiate, desabotoando o paletó.

O gigante leu o escrito e pensando que se tratasse de sete homens em vez de sete moscas, resolveu tratá-lo com maior respeito. Em todo caso, para tirar a prova da força do alfaiate, tomou uma pedra e espremeu-a na mão com tanta força que uns pingos de água escorreram.

— Vamos lá — disse ele —, faça isto, se é capaz.

— Isso é nada para mim — respondeu o alfaiate sorrindo.

E tirando do bolso o pedaço de queijo fresco espremeu-o de modo que pingasse muito mais caldo do que da pedra do gigante.

Este ficou atarantado, sem poder crer nos seus próprios olhos. Quis fazer outra prova. Tomou nova pedra e lançou-a para o ar com tanta força que ela foi cair a um quilômetro de distância.

— Faça isto, se é capaz — disse ele em tom de desafio.

— Isso é brincadeira para mim. Você atirou uma pedra que caiu lá adiante. A minha irá com tanta força que não cairá nunca.

Assim dizendo, tirou o passarinho do bolso e fingindo que jogava uma pedra jogou-o para o ar. O passarinho lá se foi, qual uma flecha, até perder-se de vista.

— Não há dúvida que você é bom atirador — disse o gigante muito espantado. — Quero porém verificar se levanta peso como eu levanto.

Disse e levou o alfaiate para junto de um enorme tronco de carvalho que o vento havia derrubado no meio da floresta.

— Se você é forçudo como diz, ajude-me a levar este tronco para fora da mata.

— Com todo o prazer — foi respondendo o alfaiate. — Ponha as raízes nas costas que eu levarei a galharada, que é a parte mais pesada.

O gigante assim fez. Pôs o raizame do carvalho às costas e como não podia olhar para trás, não viu que o esperto alfaiate, em vez de fazer o mesmo com os galhos, trepava a um deles, deixando-se carregar pelo estúpido gigante. E foi todo o caminho cantando, como se carregar nas costas a galharada fosse para ele uma simples brincadeira. Depois de algum tempo, o gigante, não podendo mais, avisou-o de que ia largar a carga. Ouvindo isto o alfaiate saltou para o chão e fingiu que estava carregando os galhos.

— Parece incrível — disse ele — que com um corpo desse tamanho você se canse de carregar esta arvorezinha...

O gigante estava cada vez mais desapontado. Não podia explicar aquele mistério. Logo adiante encontraram uma cerejeira, que o gigante arcou, dizendo ao companheiro:

— Segure esta árvore.

O alfaiate segurou a cerejeira arcada, mas quando o gigante a largou, foi erguido por ela com tanta força que caiu do outro lado, sem se machucar.

— Que significa isto? — perguntou o gigante. — Onde está a sua força que não dá nem para sustentar um galho de cerejeira?

— Segurar uma cerejeira é nada para quem mata sete de uma vez. Se pulei para cá foi para evitar o chumbo de uns caçadores que estão dando tiros lá embaixo. Faça o mesmo, se é capaz.

O gigante experimentou fazer o mesmo e não pôde, de modo que pela quarta vez foi vencido pelo alfaiate.

— Muito bem — disse o gigante, convencido. — Já que é valente assim, venha passar uma noite em minha casa.

— Com muito gosto — respondeu o alfaiate, e acompanhou o gigante à casa dele.

A tal casa era uma caverna, onde o gigante vivia com outro companheiro, comendo cada qual um carneiro inteirinho por dia. Deram-lhe para dormir uma cama enorme, onde ele se encolheu num canto, deixando-a quase toda vazia. Lá pelo meio da noite, quando os gigantes supuseram que ele estivesse dormindo, vieram com barras de aço e malharam na cama, só parando depois que se convenceram de que o hóspede estava reduzido a pasta. Na manhã seguinte se dirigiram para a floresta, como de costume, e nem mais se lembravam do alfaiate quando este lhes apareceu, muito lampeiro da sua vida. Tamanha foi a surpresa dos gigantes que fugiram com quantas pernas tinham, de medo daquele homenzinho invencível.

O alfaiate continuou na sua viagem pelo mundo. Andou, andou até que foi parar no parque de um palácio real, e como estivesse cansado da caminhada, resolveu deitar-se na grama. Enquanto dormia, várias pessoas apareceram por ali e leram os dizeres da faixa. "Mato sete de uma vez." Deve ser um grande herói, pensaram consigo, e foram correndo contar o caso ao rei. Seria um aliado precioso nas guerras. O rei ouviu o caso, pensou uns instantes e por fim mandou que seus ministros convidassem o herói para ficar a serviço do reino. Os ministros esperaram com todo o respeito que ele se acordasse e então fizeram o convite.

— Pois foi para isto mesmo que cheguei até aqui — respondeu o alfaiate. — Vinha oferecer meus préstimos a este poderoso rei. Diga que aceito a proposta com muito gosto.

O rei mostrou-se muito contente. Deu-lhe uma das mais belas casas do reino para morar e ofereceu-lhe uma grande festa.

Isto encheu de inveja os ministros — inveja e medo.

— Muito perigoso este homem aqui — disseram entre si. — Caso brigue conosco, que será de nós, já que ele mata sete de uma vez?

E foram queixar-se ao rei.

— Majestade — disseram os ministros —, não podemos viver na companhia de um homem tão perigoso. O vosso ministério é composto de sete ministros e, como ele mata sete de uma só pancada, poderá dar cabo de todo o ministério num instantinho.

O rei ficou muito triste. Não queria perder os seus ministros mas também não tinha coragem de demitir o alfaiate, pois quem mata sete de uma pancada pode matar sete mais um, e esse um pode ser um rei. Em vista disso começou a pensar no meio de se livrar de um homem tão perigoso. Por fim, mandou chamá-lo e disse:

— Já que você é tão valente, quero que me faça uma coisa. Na floresta existem dois gigantes que cometem os maiores horrores, roubando, matando e incendiando tudo quanto querem sem que meus soldados tenham ânimo de enfrentá-los. Se conseguir libertar o reino desses monstros, darei a você minha filha em casamento, e como dote, metade dos meus domínios. Cem homens a cavalo vão com você atacar os gigantes.

— Dispenso os cem homens a cavalo — respondeu o alfaiate, contentíssimo por ter uma grande façanha a realizar. — Eu mato sete de uma só pancada. Os gigantes são dois. Logo, para dar cabo deles só preciso de meia pancada. Os homens a cavalo poderão acompanhar-me apenas para assistir à matança dos gigantes.

Assim foi feito. O alfaiate e os cem homens se dirigiram para a floresta. Lá chegados, ficaram estes num certo ponto e o herói dirigiu-se sozinho para a caverna dos gigantes. Encontrou-os dormindo, um ao lado do outro, debaixo de uma grande árvore que existia na entrada da caverna. Sem ser pressentido, o alfaiate trepou à árvore e ficou bem escondidinho entre as folhas, de modo que pudesse atirar pedras na cara dos dorminhocos. E começou a atirar uma por uma, com toda a força, as pedras que levara num alforje. As primeiras não serviram nem para acordar os brutos, mas uma que acertou no olho de um deles o fez despertar.

— Não gosto de brincadeiras, ouviu? — disse o gigante pregando um tapa no companheiro, certo de que fora este o autor da pedrada.

— Você está sonhando — disse o companheiro. — Não toquei em você nem com a ponta do dedo.

E ajeitaram-se ambos para continuar a soneca. Minutos depois o alfaiate arrumou-lhe nova pedra no olho com mais força ainda.

— Que significa isto? — berrou o gigante, furioso. — Continua você a esbarrar em mim?

— Não esbarrei coisa nenhuma — respondeu o companheiro, também danado. — Não me aborreça.

Dormiram novamente. O alfaiate, então, jogou a pedra maior de todas. Sentindo o choque, o gigante ergueu-se, tomado de um acesso de cólera terrível, e certo de que o causador da brincadeira tinha sido o companheiro, atirou-se a ele de murros e pontapés. A luta foi tremenda.

Várias árvores foram arrancadas para que os troncos servissem de armas. Depois de alguns minutos os dois gigantes se haviam estraçalhado mutuamente. O alfaiate então desceu da árvore, enfiou a sua espada no peito de cada um e foi em procura dos cem cavaleiros.

— Pronto! — disse ao chegar. — Já liquidei com os dois malvados. A luta foi terrível. Eles chegaram a arrancar árvores para lutar comigo, como vocês poderão ver. Mas foi tudo inútil. Contra quem mata sete de um golpe, dois não podem...

— E nem sequer ficou ferido? — perguntaram os cavaleiros, muito espantados.

— Eles não puderam tocar em mim. Nem um arranhãozinho...

Os cem cavaleiros verificaram com os seus próprios olhos que os gigantes estavam mortos e bem mortos, cada um deles com uma estocada no peito. E voltaram no galope para contar ao rei o grande acontecimento.

O rei ficou muito satisfeito por um lado e muito aborrecido por outro. Havia prometido dar sua filha em casamento ao alfaiate e ainda a metade do reino, porque estava certo de que ele não poderia vencer os gigantes. Agora não achava jeito de cumprir a promessa, nem sabia como ver-se livre do perigoso herói. Por fim propôs-lhe:

— Antes de se realizar o casamento, convém que você pratique outra façanha, qual seja a de matar um rinoceronte enorme que faz muitos estragos no meu povo.

— Isso é brincadeira para mim — respondeu o alfaiate sorrindo. — Só sinto não serem sete rinocerontes...

Imediatamente organizou a caçada, levando consigo uma corda e um machado. Chegando ao ponto da floresta em que o rinoceronte morava, pediu aos caçadores que o esperassem ao longe, pois queria ter a glória de apanhar a fera sozinho.

Não havia andado muito e eis que surge o enorme paquiderme, numa carreira furiosa em direção dele, com o agudo chifre apontado para o seu peito. O alfaiate o esperou sem medo nenhum, encostado a uma grande árvore. Quando a fera chegou e deu a marrada que o ia espetar e atravessar de lado a lado, o alfaiate fugiu com o corpo e deixou que o chifre se enterrasse inteirinho no lenho da árvore, tão fundo que não pôde mais sair. Então amarrou bem amarrado o monstro, do qual serrou o chifre para levá-lo de presente ao rei.

O rei recebeu o presente e muito se admirou da nova vitória do homenzinho, mas mesmo assim não quis resolver imediatamente o caso das núpcias da sua filha com ele. Exigiu mais uma prova, que seria caçar um perigoso javali que andava zombando de todos os caçadores.

— Com o maior prazer — respondeu o alfaiate, e tratou logo de organizar a caçada.

Fez do mesmo modo que com o rinoceronte. Deixou para trás todos os homens que o acompanharam à floresta e avançou sozinho para a toca do feroz javali. Como esse javali fosse de fato perigosíssimo, ninguém duvidou de que iria fazer com o nosso herói o mesmo que até então fizera com todos os caçadores que o tinham perseguido. O ferocíssimo porco selvagem os havia estraçalhado a todos.

O alfaiate, porém, usou de uma esperteza. Assim que viu o javali lançar-se contra ele com fúria louca, tratou de entrar numa capelinha que havia perto. O porco selvagem avançou para a capelinha e entrou, mas antes que entrasse, o alfaiate já havia galgado uma janela, e assim que viu a fera dentro pulou para fora e fechou a porta, deixando o javali preso.

Então chamou em altos brados os companheiros para que viessem ver a fera na ratoeira, a urrar de cólera por ter sido enganada. O rei dessa vez não teve remédio: deu sua filha em casamento ao alfaiate, sem saber que ele era um simples alfaiate. Se o soubesse, com certeza mandaria que o matassem, porque era um rei muito orgulhoso.

Houve grandes festas, sendo o feliz herói coroado rei de metade do velho reino. Tempos mais tarde a jovem rainha ouviu seu esposo falar enquanto dormia.

— Anda, rapaz! — dizia ele. — Alinhava logo esse colete se não te prego com o metro na cabeça.

Ficou desconfiada. Pensou muito naquilo e por fim convenceu-se de que se casara com um simples alfaiate. Foi correndo contar ao rei a sua descoberta. O rei danou com o desaforo e armou um plano.

— Deixe a porta aberta de noite — recomendou ele. — Quando o patife estiver no melhor do sono, meus criados entrarão no quarto e o amarrarão com boas cordas. Em seguida o botaremos num navio que o vá soltar a mil léguas daqui.

A rainha alegrou-se com o plano do rei e na sua alegria não percebeu que um pequeno pajem estava ouvindo a conversa. O diabinho correu logo a contar ao alfaiate toda a conversa pilhada.

— Não se assuste — disse o alfaiate. — Eu darei uma lição a essa gente.

Nessa mesma noite o alfaiate, em vez de dormir, fingiu que dormia e pôde ver sua esposa erguer-se da cama, sem fazer o menor barulho, para ir destrancar a porta. Logo em seguida os criados do rei apareceram, na ponta dos pés.

Assim que os viu dentro do quarto, o matreiro alfaiate fingiu que estava sonhando e murmurou de modo que todos ouvissem muito bem:

— Anda, rapaz! Alinhava logo esse colete se não te dou com o metro na cabeça. Já matei sete de uma vez, já dei cabo de dois monstruosos gigantes, já cacei um rinoceronte e um javali que eram invencíveis e, portanto, não tenho medo nenhum dos que estão entrando neste quarto.

Foi água na fervura. Os criados do rei ficaram com as pernas moles e trataram de retirar-se, bem na pontinha dos pés. A lição foi boa. Nunca mais o rei, nem a rainha, nem ninguém mexeu com o alfaiate, que pôde reinar toda a sua vida no seu pedaço de reino e sonhar livremente com as antigas tesouras e metros e paletós e coletes, sem que ninguém se animasse a conspirar contra a vida dele.

OS MÚSICOS DE BREMEN

Um homem possuía um burro que o servira durante muitos anos, mas que se achava quase imprestável, sem forças nem para puxar uma carroça. Resolveu matá-lo, a fim de aproveitar a pele. Mas o burro, que de burro não tinha nada, percebeu as suas intenções e deliberou fugir para Bremen.

"Lá", pensava ele, "poderei tornar-me músico".

O burro fugiu e tomou o rumo de Bremen. No meio da viagem encontrou, deitado na estrada, um cachorro já velho, abrindo a boca a todo instante.

— Por que bocejas tanto? — perguntou-lhe o burro.

— Ah! — exclamou o cão. — Cada dia que se passa me sinto mais velho e fraco; como já não posso correr caça, meu senhor me espancou tanto que me vi obrigado a fugir; e agora estou que não sei onde possa arranjar um pedaço de carne.

— Pois a minha situação não é lá muito diferente — disse o burro. — Vou para Bremen, ser músico. Se quiser, poderá acompanhar-me como tambor da minha banda.

O cachorro aceitou o convite e seguiu atrás do burro. Mais adiante encontraram um gato, sentado à beira do caminho, com jeito de quem tinha levado muitas vassouradas. Perguntando-lhe o burro a razão da tristeza, o bichano respondeu:

— Como posso estar contente depois de tanta paulada? Já sou velho e me falta agilidade para perseguir um simples camundongo. Por este motivo minha senhora resolveu afogar-me na lagoa. Fugi a tempo, mas agora aqui estou, sem saber o que fazer.

— Vamos para Bremen. Você é músico noturno e pode muito bem fazer parte da nossa *troupe*.

O gato acedeu ao convite e seguiu com os dois. Os três vagabundos, depois de muito andar, chegaram a um sítio onde um galo cantava furiosamente.

— Por que canta dessa maneira, galo? — perguntou o burro.

— Quando canto assim é sinal de bom tempo; mas, apesar disto, a dona da casa deu ordem ao cozinheiro para que me aprontasse para o jantar. Hoje é dia de festa aqui e, como amanhã estarei morto, resolvi cantar até não poder mais.

— É melhor que nos acompanhe. Vamos a Bremen para escapar da morte; você tem boa voz e poderá fazer parte da nossa banda.

O galo gostou da ideia, juntou-se ao grupo e os quatro tocaram para a frente. Não podiam, porém, alcançar Bremen no mesmo dia, de modo que de noite pararam numa floresta para dormir.

O burro e o cão deitaram sob uma árvore; o galo e o gato subiram para os galhos, ficando aquele no ponto mais alto. Antes de dormir, porém, o galo pôs-se a olhar em volta e logo descobriu uma luzinha a certa distância.

Chamando pelos companheiros disse-lhes que não deviam estar longe de alguma casa, pois estava enxergando luz.

— Se é assim, sigamos para a frente, pois o pasto aqui não é dos melhores — disse o burro.

— E eu estou sentindo a falta de alguns ossos — falou o cachorro.

E os quatro tocaram para onde vinha a luz, a qual foi aos poucos, aumentando, aumentando. Por fim chegaram a uma casa muito bem iluminada, pertencente a uma quadrilha de ladrões.

O burro, sendo o maior, espiou pela janela.

— Que está vendo? — perguntou o galo.

— Estou vendo uma mesa cheia de doces, bebidas e bons pratos, com grande número de ladrões em volta.

— É do que precisamos — acrescentou o galo.

— Mas como pegar aquilo? — indagou o burro.

Puseram-se todos a estudar o caso e depois de muita discussão imaginaram um meio de afugentar os bandidos. O burro colocou as patas dianteiras sobre a janela, o cão subiu-lhe às costas, o gato encarapitou-se sobre o cão e, por fim, o galo pousou sobre a cabeça do gato. Feito isto, a um sinal do burro rompeu a música. O burro zurrava, o cão latia, o gato miava e o galo cantava, tudo a um tempo e em tal tom que os vidros das janelas tremeram! Apavorados com o barulho, os ladrões fugiram para a floresta, certos de que se tratava de um bando de almas do outro mundo. Os quatro músicos sentaram-se à mesa e comeram tudo quanto havia, pois estavam em jejum de mais de uma semana.

Logo que encheram a barriga, cada qual procurou um lugar para dormir. O burro deitou-se sobre um monte de palha; o cachorro aninhou-se atrás da porta; o gato procurou as cinzas do fogão e o galo empoleirou-se sobre uma viga que atravessava a sala. Cansados como estavam da longa caminhada, logo ferraram no sono.

Lá pela meia-noite, vendo os ladrões as luzes apagadas e tudo em silêncio, o chefe da quadrilha mandou que um dos seus homens fosse investigar a causa da barulhada. Encontrando tudo quieto, o emissário dirigiu-se à cozinha para acender o fogo; e, tomando os olhos do gato por duas brasas, veio assoprá-las. O gato imediatamente atirou-se ao seu rosto, arranhando-o todo e fazendo-o fugir apavorado pela porta dos fundos. Mas o cachorro, que ali estava deitado, ferra-lhe uma terrível dentada na perna. O ladrão pula para o monte de palha e lá o burro lhe aplica um formidável par de coices. E para aumentar a esfrega, o galo ainda lhe prega uma esporada, cantando depois: *Cocoricó!*

O ladrão voltou correndo para junto dos companheiros.

— Nem por todo o dinheiro do mundo porei os pés naquela casa outra vez! Está lá uma bruxa que me arranhou o rosto com suas unhas compridas; junto à porta, um homem de faca afiada que me cortou a perna; logo adiante, um monstro que me deu formidável bordoada; e quando ia saindo, além de levar uma espetada na cabeça, ouvi a voz do juiz, que dizia:

— Pau nele sem dó!

Ao ouvirem isso, os ladrões não mais ousaram penetrar na casa, de modo que os quatro músicos lá ficaram morando, e lá estão até hoje, muito contentes da vida e a darem boas risadas da peça que pregaram nos antigos moradores.

ntos mãos GRIMM

egue identificar cada um deles?

Deparou-se com a bruxa na torre. Volte para a Casa dos Irmãos Grimm.

Encontrou o diabo. Volte 7 casas para se salvar.

Fim

Foi preso no calabouço. Fique 1 rodada sem jogar.

Descobriu o nome do anãozinho. Avance 3 casas.

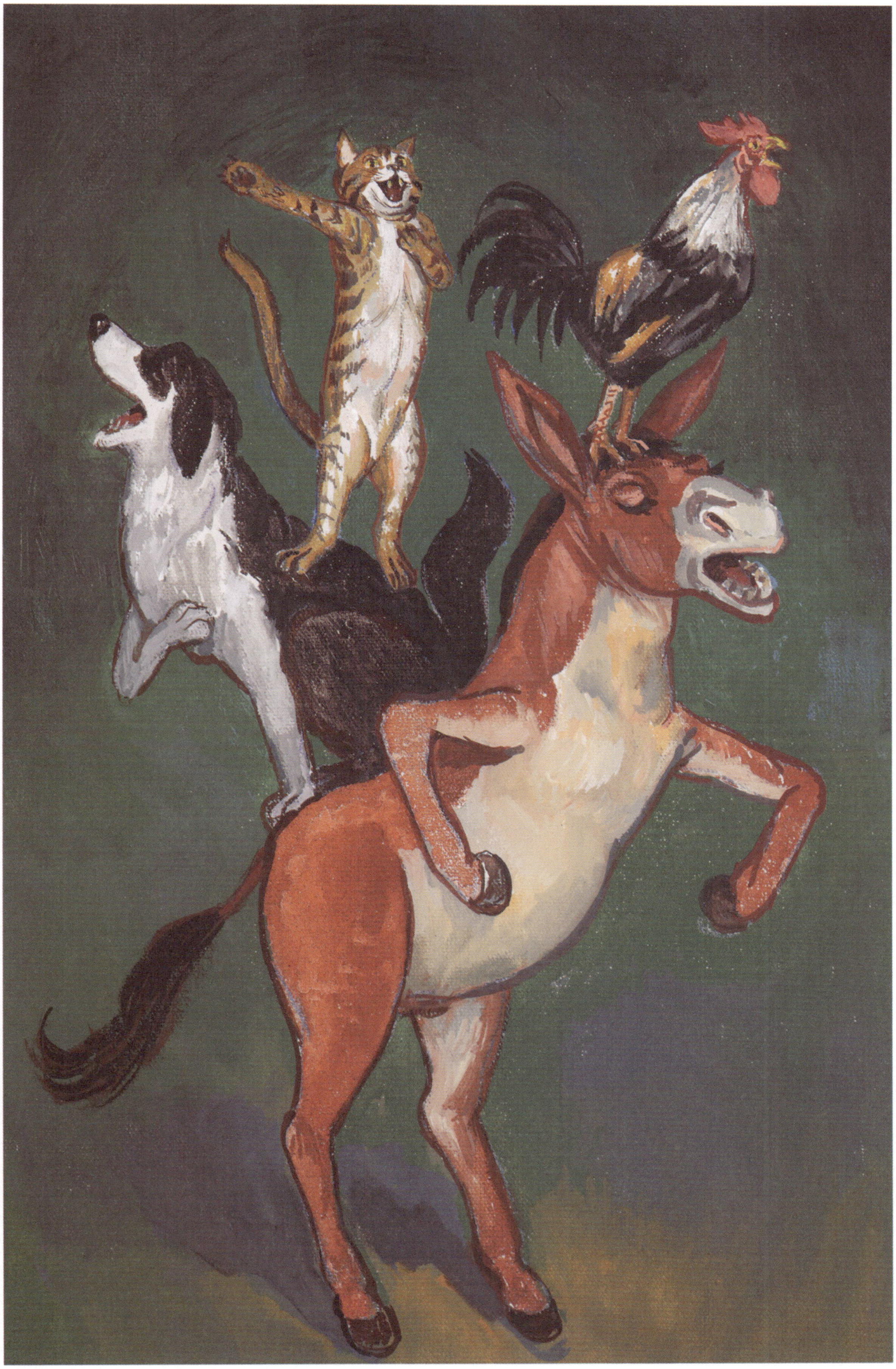

RUMPEL-
-STILTSKIN

Era uma vez um moleiro muito prosa, que tinha uma filha linda. Foi o moleiro falar com o rei, e para mostrar importância, gabou-se de que a filha era danada, pois sabia transformar palha em fios de ouro. O rei arregalou os olhos, pensando lá consigo: "Está aí um excelente negócio para mim!" Esse rei era um verdadeiro poço de ambição. Nada lhe chegava. Foi assim que se voltou para o moleiro e disse:

— Muito bem, se sua filha é tão engenhosa como diz, traga-a ao palácio amanhã. Quero submetê-la a uma prova.

No dia seguinte veio a moça, e o rei a conduziu a uma sala cheia até o forro de palha de trigo, com uma roca de fiar num canto.

— Aqui tem esta roca de fiar — disse o rei. — Já que a senhora sabe transformar palha em fios de ouro, faça isso de toda esta palha. Do contrário, já sabe o que acontece: será condenada à morte.

Trancou a sala e foi-se. A pobre moça, ao ver-se sozinha, rompeu em choro, porque era mentira pura a tal história do moleiro.

Estava a coitadinha na maior aflição, sem saber o que fazer, quando a porta ringiu e um anãozinho apresentou-se muito lampeiro.

— Boa noite, linda donzela! — disse ele. — Que é que a faz chorar desse modo tão triste?

— Ai de mim! — suspirou a jovem. — O rei mandou-me transformar toda esta palha em fios de ouro e não sei como me arranjar.

— Hum! — exclamou o anãozinho, piscando um dos olhos cavorteiramente. — Que me dá, moça, se eu fizer esse lindo serviço?

— O que dou? Dou este colar — respondeu ela, apontando para o colar que trazia ao pescoço.

O anãozinho tomou o colar, examinou-o e guardou-o no bolsinho; em seguida sentou-se à roca e girou três vezes a roda. Imediatamente uma bobina apareceu cheia — e cheia de fios do ouro! Pôs outro carretel na roca e fez o mesmo e assim trabalhou a noite inteira, até que pela madrugada só havia ali bobinas cheias de fios de ouro — e palha nenhuma.

Quando ao nascer do sol, o rei veio ver se suas ordens haviam sido executadas, abriu a boca de espanto ao dar com toda a palha transformada em fios de ouro. Em vez de contentar-se com isso, porém, quis mais, e levando a moça para outra sala, ainda maior e também cheia até em cima de palha, intimou-a a fazer ali o mesmo.

— Se não estiver amanhã cedo tudo isto transformado em fios de ouro, a senhora já sabe o que acontece.

A pobre moça esfriou. Da primeira vez o anão a tinha ajudado. Mas agora? Voltaria? E ficou muito triste, a pensar no caso. Súbito a porta ringiu e o anão apareceu.

— Oh, mais palha! — disse ele piscando o olhinho. — Que me dá agora se eu fizer o mesmo serviço de ontem?

— Dou este anel — disse a moça, tirando um anel do dedo.

O anão aceitou o anel, depois de bem examiná-lo, e imediatamente começou a fiar, e fiou toda a palha, e antes de vir a manhã o serviço estava pronto.

O rei veio muito cedo e mais uma vez rejubilou-se com a ourama que havia conseguido. Sua ambição, porém, cresceu ainda mais. Levou a moça para a sala maior de todas e tão socada de palha que só ficara o lugarzinho para a roca de fiar.

— E agora, minha cara, é fiar todo este palhame, se não... — Mas mudou de ideia. Viu que a filha do moleiro era uma verdadeira preciosidade e propôs: — Se fiar toda esta palha, casará comigo e ficará sendo a rainha.

A moça ficou à espera do anão, que sem demora apareceu.

— Hum! Temos serviço hoje! Vamos ver: que me dá se eu fiar toda essa palha?

A moça ficou atrapalhada.

— Nada mais possuo — murmurou ela. — Já dei tudo quanto tinha comigo.

— Nesse caso, prometa-me dar o primeiro filho que tiver depois que se casar com o rei — propôs o anão.

A moça não estava acreditando muito naquele casamento, e para sair-se dos apuros prometeu dar ao anão o seu primeiro filhinho. No mesmo instante ele se pôs a fiar e deu conta do recado em poucas horas. Fiou toda a palha da sala, sem deixar um fiapo.

Quando pela manhã o rei veio ver o serviço, ficou radiante. Só havia ali bobinas e mais bobinas de lindos fios de ouro — e palha nenhuma. Resolveu então cumprir a promessa... e casou-se com a filha do moleiro.

Um ano mais tarde a jovem rainha teve uma criança loura que era um anjo de beleza. Mas a mãe não pôde regalar-se com aquela felicidade, porque a porta ringiu e o anãozinho apareceu. Vinha reclamar a criança prometida. A rainha, que nem mais se lembrava do pacto, ficou assustadíssima, e ofereceu-lhe em troca todos os tesouros do reino. Que levasse tudo, menos aquele amor de criança. O anão respondeu:

— Nunca! Prefiro ter comigo uma criaturinha humana a ter todos os tesouros da terra.

A rainha pôs-se a chorar, a torcer as mãos — e tanto se lamentou que o anão teve dó dela.

— Pois bem — disse ele. — Dou-lhe três dias de prazo. Se durante esse tempo puder adivinhar o meu nome, desistirei de levar a criança.

A rainha pulou de contente e passou a noite inteira decorando quanto nome existe nos dicionários, e além disso mandou que um mensageiro corresse todo o reino catando mais nomes.

Na manhã seguinte o anão apareceu e ela experimentou todos os nomes que sabia. Experimentou Gaspar, João, Sinforoso, Epaminondas, Pulquério, Teodureto, Aristogiton, Eustáquio etc. A cada um, entretanto, o anão exclamava:

— Errou. Não é esse o meu nome.

No segundo dia a rainha estudou mais nomes, e escolheu os mais esquisitos, como Costela-de-Carneiro, Unha-de-Vaca, Coração-de-Leão, Barbatana-de-Baleia etc. Mas a resposta do anão era sempre a mesma:

— Errou. Não é esse o meu nome.

No terceiro dia chegou o mensageiro e correu ao palácio.

— Andei por todo o reino — disse ele — e não descobri nome nenhum fora dos já conhecidos. E levei um susto. Imagine a senhora que ao passar pela beira de uma floresta vi lá no fundo uma casinha muito pequenininha, com uma fogueira na frente. Fui espiar... e dei com um anãozinho muito feio, a dançar em roda do fogo com uma perna só. Dançava e cantava.

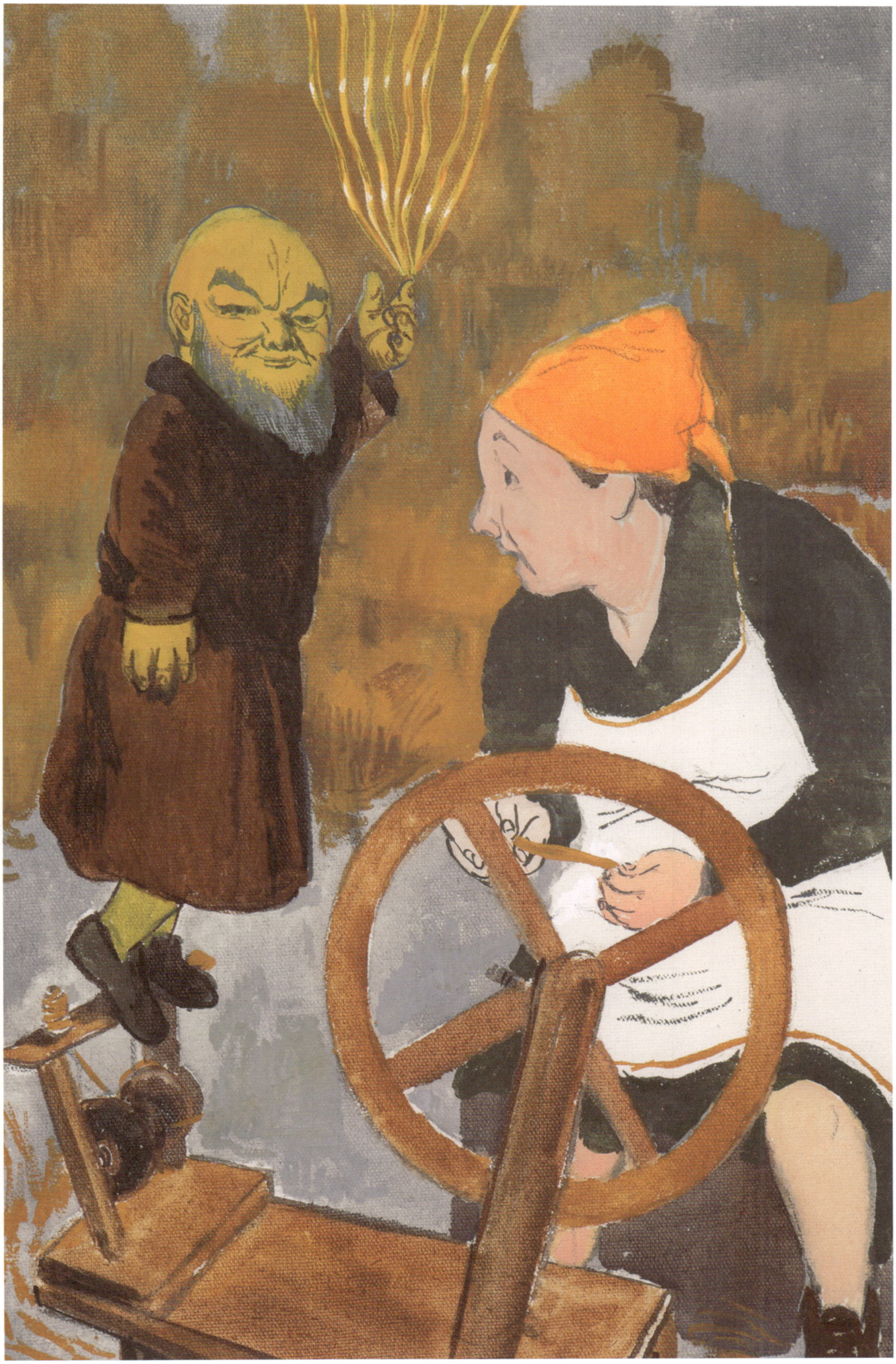

— Que cantava ele?
— Cantava uma trapalhada assim:

Rum — rom, rim, rem, ram,
Pels — pils, pols, puls, pals,
Til — tol, tul, tal, tel,
Ts — ts, ts, ts, ts,
Kin — kon, kun, kan, ken.

A rainha decorou a trapalhada e pôs-se a pensar no que poderia significar. E tanto pensou que apanhou o segredo. Nisto a porta ringiu e o anãozinho foi aparecendo, lampeiro como sempre.
— Vamos lá ver isso, majestade — disse ele. — Como me chamo, diga?
— Conrado? — experimentou a rainha, para disfarçar.
— Não.
— Henrique?
— Não.
— Anastácio?
— Não.
— Nesse caso — disse a rainha —, o seu nome só pode ser Rumpelstiltskin!
Ao ouvir aquilo o anão ficou assombradíssimo. Depois teve um acesso de cólera e berrou:
— Foi alguma bruxa quem contou o meu nome! Foi alguma bruxa malvada!
E sapateou no chão com tamanha fúria que o seu pé direito rompeu o assoalho e lá ficou entalado entre as tábuas. Ele, então, desesperado, agarrou com ambas as mãos a perna esquerda e deu tal tranco que despregou uma tábua com todos os pregos — e fugiu na disparada, grunhindo que nem um porquinho.
Foi a última vez que a rainha se avistou com o tal Rumpelstiltskin.

OS DOIS IRMÃO--ZINHOS

Era uma vez um menino e uma menina que haviam perdido a mãe e moravam com a madrasta, muito má. Certa manhã o menino disse à irmãzinha:

— Depois que mamãe morreu nossa vida ficou uma tristeza sem fim. Por qualquer coisinha a madrasta nos bate todos os dias e se a gente chega perto dela só recebe pontapés. Comida é o que você sabe: uns bicos de pão velho que nem rato pode roer. Até cachorro passa melhor do que nós... pelo menos ganha seus pedaços de carne, de vez em quando. Sabe que mais? Vou-me embora. Em qualquer parte estarei melhor do que aqui. Quer fugir comigo?

A menina quis, e os dois fugiram na manhã seguinte. De longe, quando perderam de vista a casa onde haviam nascido, abraçaram-se e choraram. Mas foram andando, andando, andando até que deram numa floresta, já quase ao cair da noite. Estavam cansadíssimos e tinindo de fome, e para dormir só viram um oco de árvore dentro do qual se arrumaram.

No dia seguinte pularam fora, e o menino queixou-se de sede.

— Onde haverá água por aqui? — murmurou.

— Estou ouvindo deste lado um barulhinho de ribeirão — disse a menina, e lá se foram os dois no rumo do barulhinho.

Mas a madrasta, que era bruxa, ao dar pela falta dos meninos, fez suas bruxarias e descobriu que estavam na floresta. De malvada, então, encantou todas as fontes e rios em redor deles para desse modo matá-los de sede. Assim foi que ao chegarem ao ribeirão os meninos ouviram a água murmurar: "Quem beber de mim virará tigre." A menina assustou-se e segurou o irmãozinho.

— Não beba dessa água — disse ela — porque você virará tigre e me comerá.

— Ai de mim! — exclamou o menino. — Estou a morrer de sede, mas não beberei dessa água. Vamos ver outra fonte.

Mais adiante encontraram outra fonte, cuja água dizia: "Quem beber de mim virará lobo."

— Não beba dessa água, irmãozinho, porque você virará lobo e me comerá.

— Ai de mim! — exclamou o menino. — Estou morrendo de sede, mas não beberei aqui. Vamos ver outra. Mas dessa outra beberei, aconteça o que acontecer. Não suporto por mais tempo esta sede horrível.

Logo adiante encontraram outra fonte cuja água dizia: "Quem beber de mim virará cabrito."

— Não beba, irmãozinho — pediu a menina —, porque você virará cabrito e fugirá de mim.

Mas foi inútil. O menino debruçou-se na fonte e bebeu até não poder mais. Imediatamente perdeu a forma humana e transformou-se num cabritinho.

A menina pôs-se a chorar e o cabritinho também.

— Console-se, minha irmã — disse este. — Nunca abandonarei você e hei de prestar muitos serviços.

A menina amarrou-lhe ao pescoço, feito coleira, um colar de ouro que era a única lembrança da sua boa mãe; depois teceu com embiras uma corda, cuja ponta amarrou na coleira — e continuou a caminhar pela floresta puxando o cabritinho.

Não longe dali encontraram uma choupana abandonada, mas onde podiam viver.

— Oh, já temos casa! — disse a menina, e entrou.

Deu uma vista de olhos pelos cômodos e tratou de arrumar duas camas de musgos e folhas secas, uma para ela, outra para o cabritinho. Depois correu pelos arredores para colher frutas do mato e capim bem verde, e desse modo arranjou comida para si e para o irmãozinho encantado. Acostumaram-se a viver ali. Saíam sempre juntos em busca de frutas silvestres, e o cabritinho pulava na frente tosando quanta erva tenra encontrava. Chegaram até a sentirem-se felizes. E assim correram meses.

Certo dia um príncipe foi caçar naquela floresta, acompanhado de numerosa comitiva. O som das buzinas e o latido dos cachorros vieram logo sobressaltar os dois irmãozinhos.

— Minha irmã — disse o cabrito —, estou querendo assistir a essa caçada. Deixe-me sair. Não tenha medo, que não deixarei que me apanhem.

A menina resistiu quanto pôde, mas era tal a insistência do cabritinho que afinal lhe abriu a porta e disse:

— Pois vá. Mas prometa voltar ao cair da noite, e quando voltar bata na porta e diga: "Mana, sou eu!" Só assim abrirei.

O cabritinho saiu aos pinotes e breve chegou à zona da caçada, onde foi visto pelos caçadores. O príncipe deu ordem para que o apanhassem. Mas foi inútil; assim que um dos homens lhe ia pondo a mão, ele escapava num salto agilíssimo e fugia. Nem os cães puderam com o danadinho; corria tanto que logo distanciava os melhores corredores. Ao cair da noite voltou para casa e bateu, dizendo:

— Mana, sou eu!

A menina, que passara o dia numa grande aflição, abriu a porta e cobriu-o de beijos.

No dia seguinte continuou a caçada, e o cabritinho foi de novo para lá. Mostrou-se imprudentíssimo, a ponto de passar rente ao príncipe, o qual lhe percebeu no pescoço o colar de ouro. Isso só serviu para mais acirrar no príncipe o desejo de possuir o estranho animalzinho. Mas a sua ligeireza o livrava de todos os botes — embora não o livrasse de ser ferido numa das patas por uma ponta de flecha (nesse tempo os caçadores só caçavam com arco e flecha). O atirador então o perseguiu de perto e chegou até a casinha, em cuja porta pôde vê-lo parar e gritar, aflito:

— Mana, sou eu!

Assombrado com aquele prodígio, o atirador correu a contar tudo ao príncipe. Enquanto isso a menina lavava sua pata ferida e fazia uma atadura com uma tira de sua saia.

— Agora deite-se e descanse — disse ela ao terminar.

O cabritinho dormiu a noite inteira e no outro dia levantou-se completamente curado — e querendo ir ver os caçadores novamente.

— Não — respondeu a menina. — Você agora vai ficar aqui comigo. Ontem os caçadores feriram sua patinha e hoje poderão matá-lo.

— Se você me obriga a ficar aqui — tornou o cabritinho —, será pior, porque morrerei mais depressa. Não posso ouvir latidos de cachorro e sons de buzina. Fico que nem louco.

E lá se foi pela terceira vez meter-se entre os caçadores. Quando o príncipe o viu, disse aos seus homens:

— Persigam-no sem cessar, mas não quero que o maltratem!

Assim fizeram os caçadores e, enquanto o perseguiam, o príncipe dirigiu-se para a casinha que o atirador havia descoberto na véspera. Chegando lá, murmurou as palavras ouvidas:

— Mana, sou eu!

E a menina imediatamente veio abrir.

Mas ficou assombrada de ver diante de si um príncipe recoberto de sedas e ouros, que a olhava com olhos enternecidos. Realmente, o príncipe nunca vira em sua corte uma carinha mais gentil e mimosa.

— Encantadora criança — disse ele —, quer vir morar comigo em meu palácio?

— Não posso — respondeu a menina. — Não posso deixar esta casa antes do meu cabritinho voltar. Jamais o abandonarei, ainda que em troca do mais belo trono do mundo.

Justamente nesse instante o cabritinho apareceu aos pinotes.

Ao vê-lo chegar-se, o príncipe disse:

— Não seja essa a dúvida. A menina poderá conservá-lo consigo toda a vida.

Então a menina aceitou o convite e partiu atrás do príncipe, conduzindo pela corda o cabritinho. Chegando ao palácio o príncipe entregou-a à sua mãe, dizendo que iria casar-se com ela.

Tempos depois realizou-se o casamento, com grande alegria do povo e da corte. Ao cabritinho foi dado um grande parque, onde podia cabriolar o dia inteiro e pastar as mais finas ervas.

A história desses acontecimentos chegou aos ouvidos da madrasta má, que até então estivera convencida de que os meninos haviam sido devorados pelos lobos na floresta. Furiosíssima, jurou destruir a felicidade da menina.

Quando a jovem rainha teve o primeiro filho, a diaba disfarçou-se em mendiga e foi rondar o palácio. Lá ficou até dar jeito de penetrar num jardim onde a rainha costumava passear sozinha. Ao vê-la chegar pediu-lhe uma esmola. A rainha abriu a bolsa — e nesse momento a bruxa deu-lhe com uma vara de condão, fazendo que a coitada se visse a cem léguas dali, metida num calabouço horrendo, cujos guardas eram dragões.

Quando as aias vieram buscar a rainha e viram que tinha desaparecido, foi uma tristeza geral no palácio e em todo o reino. O príncipe mandou que mil homens a procurassem por toda parte. Tudo inútil. Ninguém descobria o paradeiro da rainha.

Mas a madrasta não possuía um poder completo, de modo que em certo dia, quando a prisioneira declarou que desejava ver o seu filhinho, foi obrigada a levá-la ao palácio pelos ares. A rainha aproximou-se do berço e beijou a linda criança; depois foi acariciar o cabritinho, que dormia no mesmo quarto. Em seguida retirou-se e lá se foi pelos ares, carregada pelos diabos que andavam a serviço da bruxa. A ama da criança assistira a tudo, mas ficou como petrificada e sem ânimo de contar nada a ninguém de medo que a metessem num hospício.

Na noite seguinte a rainha apareceu de novo e depois de beijar a criança e o cabritinho, exclamou, no momento de partir:

— Que vai ser do meu filho e do meu cabritinho? Só poderei voltar aqui mais uma vez... depois, nunca mais...

A ama, então, encheu-se de coragem e narrou tudo ao rei, o qual a princípio julgou que a mulher houvesse enlouquecido. Mas apesar disso resolveu passar a noite em guarda no quarto próximo, para verificar com seus próprios olhos se havia verdade naquilo ou não. E viu tudo. Viu a rainha chegar, beijar o filho, beijar depois o cabritinho e dizer muito triste:

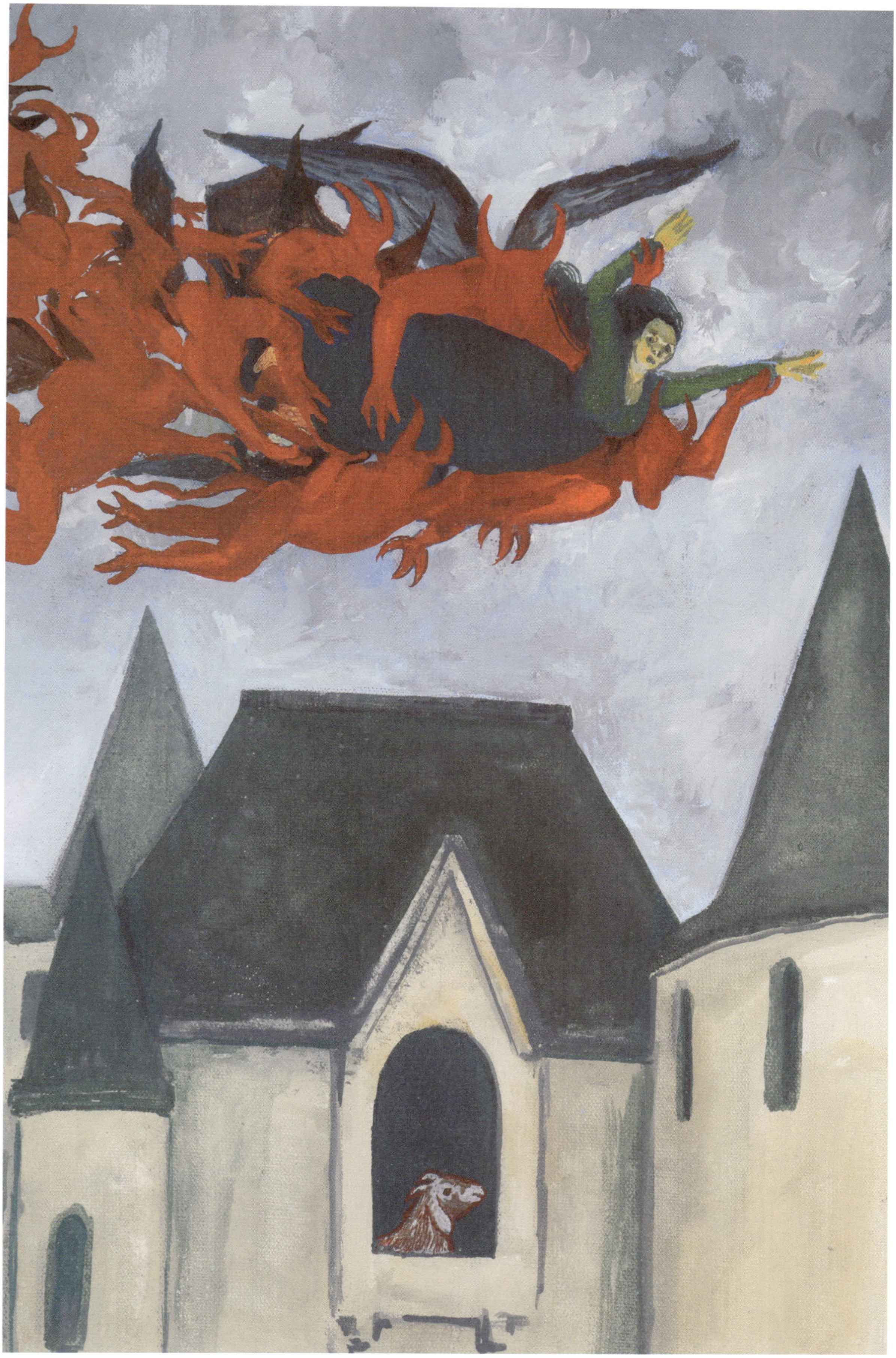

— Que vai ser do meu filho e do meu cabritinho? Desta vez vou-me embora para sempre...

Nesse momento o rei entrou no quarto e tomou-lhe as mãos, chamando-lhe pelo nome.

O encanto quebrou-se imediatamente e os diabos a serviço da bruxa correram para o inferno.

A rainha, então, contou toda a sua história ao rei, que fez prender a bruxa e assá-la numa boa fogueira. No momento em que ela expirou, rompeu-se o encantamento que havia feito para o irmãozinho da antiga menina — e o cabritinho recuperou a forma humana.

Foi uma alegria imensa, e o rei decretou grandes festas para comemorar o feliz desenlace daquele drama.

O NARIZ DE LÉGUA E MEIA

Vou contar a história de três pobres soldados que, depois de concluída a guerra, voltaram para casa a pedir esmolas pelo caminho. Tinham caído numa miséria horrível e já haviam andado léguas e léguas, aborrecidíssimos com a falta de sorte, quando chegaram a uma espessa floresta que tinha de ser atravessada. Por ela se meteram e foram indo por entre a paulama, cai aqui, tropeça ali, até que a noite os colheu. Não havia remédio senão dormir debaixo das árvores. De medo das feras combinaram então que enquanto dois dormissem um ficaria montando guarda com o olho bem arregalado. Passadas umas tantas horas, o que estivesse de guarda acordaria um dos outros para o substituir — e desse modo todos se revezariam.

Assim foi feito. Tiraram a sorte; o sorteado ficou de sentinela e os outros ferraram no sono, junto à fogueira que haviam acendido.

Lá pelo meio da noite apareceu um anãozinho vestido de vermelho. Chegou, espiou e disse para a sentinela:

— Quem é você?

— Um amigo — respondeu o soldado.

— Que espécie de amigo?

— Sou um velho e infeliz soldado; eu e mais esses dois que estão a dormir estivemos na guerra, e agora vamos indo para casa. Infelizmente estamos na maior miséria, sofrendo falta de tudo e obrigados a viver de esmolas. Brrr! Está fria a noite, não? Venha sentar-se perto deste foguinho para aquecer-se, meu caro senhor anão.

— Obrigado, bom amigo — agradeceu a figurinha. — Vejo que tem boa alma e quero ajudá-lo. Tome isto: esta minha capa — disse, tirando de sobre os ombros a sua velha capa vermelha. — Cada vez que desejar qualquer coisa basta vesti-la e dizer o que quer. Seu desejo será imediatamente satisfeito — concluiu o anão desaparecendo.

O soldado ficou muito contente, e mais ainda de já ser hora de acordar um dos outros para o revezar. Acordou esse outro e foi dormir.

O anãozinho apareceu para a nova sentinela e fez as mesmas perguntas; vendo que também tinha bom coração, deu-lhe uma bolsa mágica, que não se esvaziava nunca, por mais moedas de ouro que fossem tiradas de dentro.

Quando chegou a vez do terceiro soldado ficar de sentinela, o anãozinho apareceu pela última vez e a cena se repetiu. O terceiro soldado ganhou uma corneta encantada; seu toque juntava imediatamente todo um exército, que ficaria às ordens do corneteiro para tudo quanto ele ordenasse.

Pela manhã, cada soldado contou a sua história e mostrou o dom recebido. Eram muito camaradas os três, de modo que combinaram não se separarem nunca e viverem irmãmente. Também combinaram dar uma volta em redor do mundo, usando apenas a bolsa mágica. A capa e a corneta ficariam para mais tarde.

Assim fizeram e andaram a correr mundo por longo tempo, gastando quanto queriam porque a bolsa era na verdade inesgotável. Por mais que a despejassem permanecia sempre cheinha de belas moedas de ouro. Por fim, enjoaram de correr mundo e manifestaram o desejo de viver sossegados num grande castelo. O soldado da capa, então, jogou esse dom sobre os ombros e disse em voz alta o que queria. Imediatamente surgiu ante seus olhos um maravilhoso castelo circundado de parques e com uma pradaria linda, cheia de carneiros, cabras, bois e cavalos. Os portões logo se abriram como por encanto, e eles puderam penetrar na magnífica morada.

Ali passaram a viver regaladamente, servidos por numerosa criadagem e com tudo quanto podiam desejar. Um dia, porém, cansaram-se de tanto sossego e quiseram aventuras. Mandaram pôr uma carruagem riquíssima, vestiram-se com as melhores roupas e lá se foram de visita a um rei vizinho. Esse rei possuía uma filha única e como julgasse que os três soldados fossem três príncipes, filhos de algum reino próximo, recebeu-os com grandes atenções, na esperança de que um deles se casasse com a princesa.

Houve muitas festas e passeios. Num destes passeios, em que o segundo soldado caminhava ao lado da princesa, reparou ela na bolsa que lhe via sempre à cintura e perguntou que bolsa era aquela. O bobalhão caiu na tolice de contar a história toda; e aliás se não contasse dava na mesma, porque a tal princesa era uma bruxa das que adivinham tudo. Por isso já havia adivinhado que cada um dos visitantes era dono de um objeto mágico de imenso valor. E como além de bruxa fosse ambiciosíssima, a princesa armou logo um plano para lograr os soldados. Começou mandando fazer uma bolsa igualzinha àquela e num dia em que pilhou o soldado de jeito, deu-lhe um vinho por ela mesma preparado, que o fez dormir em meio minuto. Em seguida tirou-lhe da cinta a bolsa mágica e pôs no lugar a imitação.

Terminada a visita os três soldados despediram-se e regressaram ao castelo. Logo depois houve necessidade de dinheiro e a bolsa falhou. Tiradas as moedas que estavam dentro, não se encheu mais, como acontecia antes.

— Hum! Já sei! — murmurou o segundo soldado. — Caí na asneira de contar a história da bolsa mágica àquela princesa e a diaba trocou-a por outra, depois de me haver dado vinho com dormideira. Foi ela! Foi a princesa ladra! E agora? Que vai ser de nós? — E desesperou, chorando e arrancando os cabelos.

— Não se amofine desse modo, amigo — disse-lhe o primeiro soldado. — Vou lá num ápice e trago a bolsa, quer ver? — E lançando a capa ao ombro manifestou em voz alta o desejo de ser transportado incontinente para os aposentos da princesa.

Assim aconteceu. Em menos de um segundo viu-se no quarto da princesa, que estava a empilhar as moedas de ouro que ia despejando da maravilhosa bolsa. O soldado lerdeou; em vez de agarrar a bolsa e fugir, ficou de boca aberta a contemplar a cena. Nisto a princesa percebeu a sua presença e botou a boca no mundo.

— Socorro! Socorro! Um ladrão no meu quarto! Acudam!

Ouvindo tais berros, todos da corte correram para os aposentos da princesa e lançaram-se contra o burríssimo soldado, que, tomado de pavor, fugiu com quantas pernas tinha. Nem se lembrou da capa mágica, o bobo; fugiu pela janela, como fogem os gatunos, tão desastradamente que a preciosa capa engancou num prego e lá ficou.

A princesa ladra sorriu.

— Ótimo. Já tinha a bolsa e agora tenho a capa. Falta só a corneta.

Quando o primeiro soldado chegou ao castelo, mais morto que vivo, estropiado da carreira, não achou outra coisa a fazer senão entregar-se ao desespero. No meio das suas lamentações, porém, o da corneta disse:

— Não se aflija tanto, amigo. Vou dar um arranjo nisso. — E tocou a sua corneta mágica.

Imediatamente surgiu um enorme exército de infantes e cavaleiros. O terceiro soldado pôs-se à frente dos batalhões e deu ordem de marcha contra o reino vizinho. Lá chegando cercou o palácio do rei e intimou-o a entregar os objetos roubados, sob pena de arrasar tudo. O rei sentiu-se apavorado e foi falar com a filha.

— Minha filha, é preciso entregar a bolsa e a capa, se não estou perdido.

— Espere, meu pai. Tenho um plano muito bom na cabeça — disse ela piscando, e foi vestir-se de mulher do povo. Enfiou uma cesta de quitanda no braço e chamando uma aia lá se foi para o acampamento inimigo.

Cantava muito bem, essa princesa bruxa, de modo que com os quitutes da cesta e com cantarolas fez logo que os soldados acudissem todos para vê-la. Até o próprio comandante-geral não resistiu e veio comprar coisas da cesta. Assim que o viu por ali e se certificou da barraca em que ele estava acampado, a esperta princesa piscou para a aia, e a aia foi sorrateiramente e entrou na barraca e furtou a corneta. Feito isto, voltaram as duas muito lampeiras para o palácio.

Tudo mudou sem demora. O exército sitiante foi desaparecendo e os três soldados tiveram de voltar a pé para o castelo. Mas que castelo nada! Sumira-se também o castelo, e eles se acharam tão pobres e desajudados como no começo.

Sentaram-se no chão, muito tristes, parafusando num meio de arrumar a vida. Por fim um deles disse:

— Camaradas, acho que o melhor é separar-nos e que cada qual lá se arrume como puder. Adeus!

Disse isso e tomou pela esquerda, enquanto os outros dois tomaram pela direita, sempre juntos.

O soldado solitário foi andando, andando, andando, até que esbarrou de novo na mesma floresta do começo. Meteu-se por entre as árvores e caminhou o dia inteiro; logo que anoiteceu, deitou-se debaixo de uma árvore e ferrou no sono.

Ao romper da aurora abriu os olhos e com grande alegria viu que tinha dormido debaixo de uma macieira carregadinha de belas maçãs maduras. Sua fome era das boas, de modo que só pensou em encher o papo. Comeu uma, duas, três maçãs; quando ia comer a quarta, não pôde; qualquer coisa o impedia de a levar à boca.

— Que será isto?

Apalpou-se e viu que o misterioso embaraço era nada mais nada menos que o seu próprio nariz, o qual crescera e estava ainda crescendo de um modo espantoso. Chegou ao umbigo, depois chegou ao chão, e como continuasse a crescer e fosse ficando cada vez mais pesado, teve ele de deitar-se. E o nariz continuou a crescer e foi crescendo e caminhando por ali afora, por entre as árvores. Por fim, a ponta desse formidável nariz ficou a uma distância que poderia ser calculada em meia légua.

Enquanto isso, os outros soldados, depois de muitas voltas, também vieram ter àquela floresta. Súbito um deles tropeçou numa coisa mole.

— Que será isto? — exclama, surpreso.

Olha, examina: era uma ponta de nariz!

— Camarada, isto é positivamente um nariz humano. Vamos seguindo por ele afora que havemos de encontrar o dono.

Era mais fácil caminhar por cima do nariz do que pelo chão, de modo que os dois lhe pularam em cima e foram caminhando em procura do dono.

— Lá está o dono do nariz! — exclamou o soldado que seguia na frente. — Está deitado, o pobre!

Mais uns passos e o reconheceram.

— Que é isso, camarada? Que loucura essa de espichar o nariz pela mata adentro?

O mísero contou tudo e deixou os companheiros perplexos. Que fazer? Caminhar carregando um nariz daqueles era impossível. Tentaram acomodá-lo sobre o lombo de um burro que viram pastando por ali. O burro não aguentou a carga. Tentaram enrolá-lo, como se enrola cipó. Impossível. Doía muito.

Os dois soldados sentaram-se no chão junto ao infeliz camarada e coçaram a cabeça. Que fazer? Que fazer?

Nisto apareceu o anãozinho de vermelho.

— Que há? — perguntou, rindo-se.

— É este nosso companheiro que está virando só nariz. Pelo amor de Deus, veja se há um conserto para tamanho despropósito, porque nós positivamente não sabemos o que fazer.

— É simples — respondeu o anão. — Tragam uma pera daquela pereira e deem-lhe a comer. Estas maçãs encompridam nariz e as peras encurtam.

Os soldados correram a colher peras e deram-nas ao companheiro. O mísero comeu-as quase sem mastigar e incontinente o imenso nariz foi encolhendo até ficar do tamanho primitivo.

— Muito bem — disse o anão. — Agora já sabem o que há a fazer. Levem um sortimento dessas maçãs ao reino da princesa gatuna e vinguem-se. E tratem de não ser bobos como da primeira vez.

Os soldados agradeceram ao bondoso anão e partiram, combinando o seguinte: o segundo soldado se disfarçaria em camponês e iria oferecer as maçãs à princesa ladra, tudo fazendo para que ela as comesse.

Ao chegar à corte, todos se admiraram da beleza das frutas e quiseram adquiri-las.

— Não — disse o soldado. — Maçãs como estas não são para qualquer. Só uma princesa poderá comê-las.

A princesa soube e mandou vir o camponês à sua presença.

— Que lindas! — exclamou, já com água na boca. — Quanto é?

— Para Vossa Alteza, nada. Permita-me que as dê de presente.

A princesa nem teve tempo de agradecer; ferrou os dentes numa, e comeu três num instantinho.

E foi aquele desastre. O seu lindo nariz começou a crescer, a crescer, a crescer tanto que logo não cabia no quarto e teve de enfiar-se pela janela. Continuou a crescer e alcançou o parque e foi indo por ele além até légua e meia dali.

O rei ficou horrorizado com a estranha doença da filha e fez uma proclamação ao seu povo, prometendo as maiores recompensas a quem descobrisse um remédio para o misterioso mal.

Mas ninguém se atreveu a apresentar-se. Para os médicos o remédio único seria cortar o nariz — mas se a princesa morresse? Nenhum teve ânimo de fazer a operação.

Nisto apresentou-se o segundo soldado, vestido de médico, e declarou possuir um tratamento infalível para nariz de légua e meia. Foi introduzido nos aposentos da princesa, onde, depois de fingir cuidadoso exame, receitou-lhe mais um pedaço de maçã, ficando de voltar o dia seguinte.

A princesa tomou o remédio e ficou muito desapontada porque o nariz deu de crescer ainda mais durante a noite.

No dia seguinte o falso médico examinou de novo a doente e deu-lhe um pedacinho de pera — um pedacinho só, e retirou-se, ficando de voltar no dia seguinte. Dessa vez o remédio fez efeito e o nariz da princesa amanheceu alguns metros mais curto. Para zombar dela o falso médico deu-lhe em seguida mais um pedaço de maçã — e desse modo foi alternando maçã e pera por mais de uma semana. Por fim, declarou ao rei:

— Há qualquer coisa furtada neste aposento, que destrói o efeito do meu remédio. Se os objetos furtados não forem restituídos aos donos, a filha de Vossa Majestade ficará toda a vida de nariz de légua e meia, sem cura possível.

A princesa protestou; disse que não, que era mentira, que não havia em seu quarto nada que não lhe pertencesse.

— Muito bem! — exclamou o falso médico. — Mas apesar do que diz Vossa Alteza, estou certo de que há aqui três coisas furtadas e enquanto não forem restituídas aos donos, o vosso augusto nariz irá crescendo sempre, até dar volta ao mundo.

O rei, apavorado, ordenou à filha que entregasse os furtos — e a princesa não teve outro remédio. A bolsa, a capa e a corneta mágicas foram entregues ao médico, para serem restituídas aos respectivos donos.

Então o falso médico deu à doente uma pera inteirinha, que ela comeu com toda a gula — e no mesmo instante o nariz principiou a encolher até ficar do tamanho que era.

O soldado não esperou por mais. Lançou a capa ao ombro e murmurou:

— Para o castelo!

E no mesmo instante viu-se no castelo ao lado dos dois companheiros.

Daí por diante viveram bastante felizes e só saíam de vez em quando, em passeios de carro por perto. Nunca mais se meteram a visitar os reinos vizinhos.

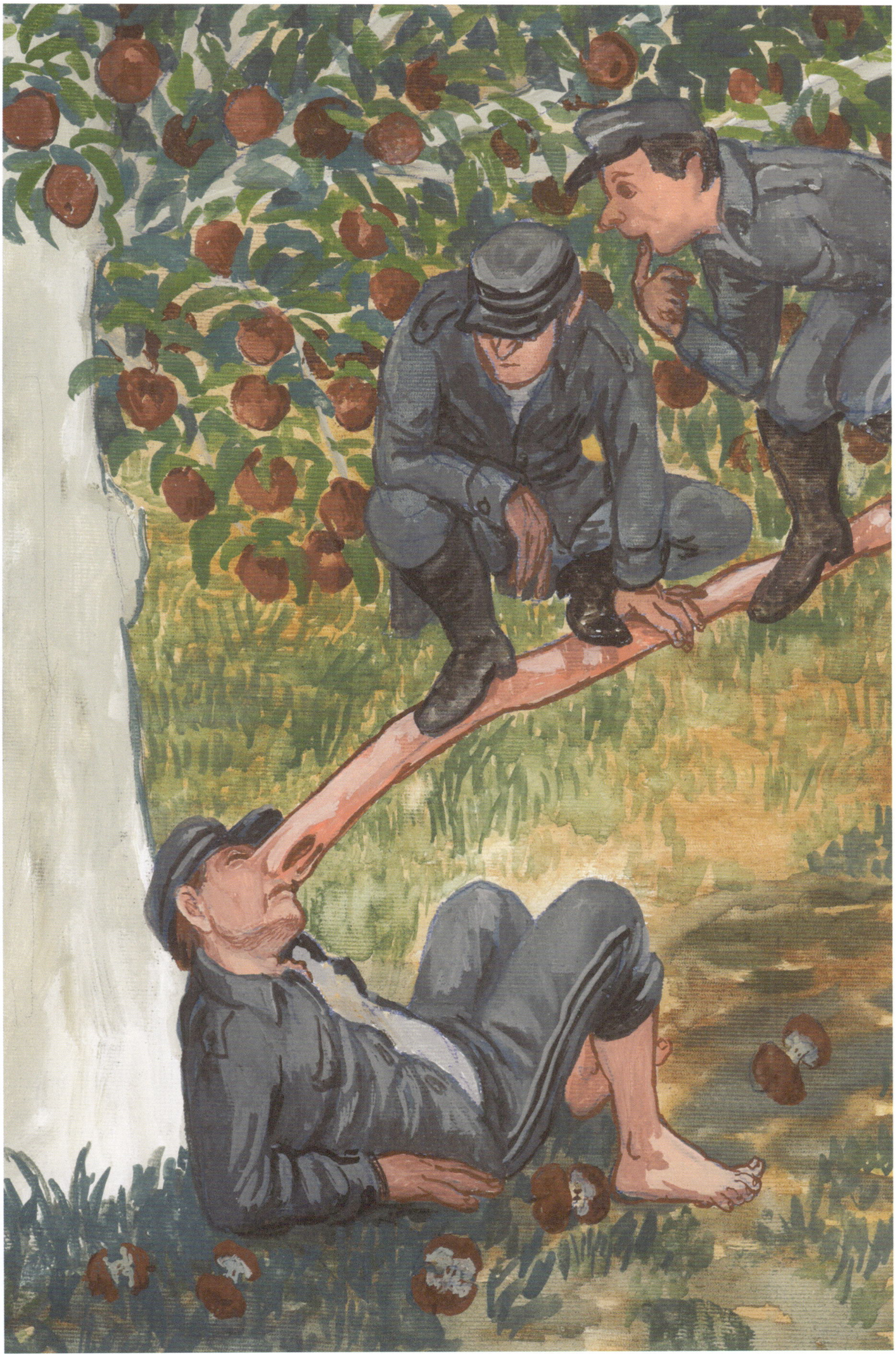

RAPUNZEL

Nos tempos de antes havia um homem e uma mulher cujo maior desejo era terem um filho; mas apesar de estarem casados de muitos anos, não conseguiram ver a casa alegrada com um chorinho de criança.

A casa deles tinha uma janela nos fundos que dava para a horta de uma vizinha que era bruxa. Um dia em que a mulher estava nessa janela espiando a horta da bruxa, viu um canteiro de rabanetes tão apetitosos que foi tomada de um desejo louco de comê-los. Mas como? Eram rabanetes da bruxa, e a bruxa não os dava a ninguém, nem vendia por dinheiro nenhum. E a mulher começou a pensar naquilo dia e noite, e quanto mais pensava mais apertava o seu desejo. E foi indo até ficar doente.

O marido assustou-se com a tristeza da esposa e perguntou:

— Mas afinal de contas, que é que tem você, mulher?

— Ai! — gemeu ela. — Se não como pelo menos um rabanete da horta da vizinha, tenho a certeza de morrer.

O marido, que gostava muito dela, resolveu satisfazer-lhe o desejo, conseguindo um daqueles rabanetes, custasse o que custasse.

Pensou, pensou sobre o meio e à noite saltou o muro da vizinha e colheu um rabanete. Fez uma saladinha e levou-a à mulher. Foi um regalo. Nunca na vida um rabanete foi mais apreciado; mas no dia seguinte o desejo voltou e a mulher pediu ao marido que pulasse de novo o muro e trouxesse dois.

O marido assim fez. Pulou o muro; mas quando estava arrancando os dois rabanetes, a bruxa surgiu, de mãos na cintura e cara muito feia.

— Como se atreve a pular o muro para vir furtar meus rabanetes? — esbravejou com voz colérica.

— Perdoe-me, senhora — suplicou o coitado. — Se cometi essa feia ação foi apenas para salvar a vida de minha querida mulher. A pobre viu esses rabanetes lá da janela e tomou-se de tal desejo que até caiu de cama. Se não comesse pelo menos um, morreria.

Esta explicação acalmou a cólera da bruxa, que disse:

— Se é verdade o que está contando, dou licença de levar não um, nem dois, mas quantos rabanetes quiser. Isso, porém, com uma condição: darem-me a criança que sua mulher vai ter. Eu sou rica e hei de tratá-la como se fosse minha filha.

Na sua aflição, e para ver-se livre dos apuros, o homem aceitou a proposta.

Meses mais tarde a mulher teve uma filhinha; no mesmo dia a bruxa apareceu e levou-a, dando-lhe o nome de Rapunzel.

Essa Rapunzel cresceu, tornando-se a mais linda menina do mundo; mas quando fez doze anos foi encerrada pela bruxa numa torre altíssima, lá no meio da floresta — uma torre sem escada para subir, nem porta. Só havia uma janelinha na parte mais alta. Quando a bruxa queria entrar, chegava embaixo da janelinha e gritava:

*Rapunzel! Rapunzel!
Lança-me as tuas tranças!*

Isso porque Rapunzel tinha uma cabeleira magnífica, de fios longuíssimos e mais louros que o ouro. Assim que a menina ouvia aquela voz desfazia as tranças e soltava pela janelinha a cabeleira dourada para que a bruxa subisse por ela.

Certo dia em que um príncipe veio caçar naquela floresta, aconteceu-lhe avistar de longe a torre. Tomado de curiosidade, aproximou-se. Um canto maviosíssimo partia lá de dentro. O príncipe deteve seu corcel e ficou absorvido, a ouvir. Quem cantava era Rapunzel e cantava para disfarçar o aborrecimento de viver ali tão sozinha.

O príncipe quis entrar na torre; mas por mais voltas que desse não viu nem sinal de porta — e voltou para o seu palácio. Aquela voz de anjo, entretanto, não lhe saía dos ouvidos e o moço começou a ir todas as tardes rondar a torre furtivamente. Numa dessas vezes, em que estava oculto atrás de um tronco de árvore, viu a bruxa aparecer, parar debaixo da janela e gritar:

*Rapunzel! Rapunzel!
Lança-me as tuas tranças!*

Logo a seguir viu a menina aparecer à janela, a desfazer as tranças — e pela cabeleira solta subir a bruxa.

— Hum! — exclamou o príncipe para consigo mesmo. — Já sei agora qual é a escada dessa torre.

No dia seguinte o príncipe voltou para ali e, parando diante da janelinha, repetiu as palavras da bruxa:

*Rapunzel! Rapunzel!
Lança-me as tuas tranças!*

Não demorou muito e a cabeleira loura escorreu pela torre abaixo. O príncipe agarrou-a e por ela foi subindo e subiu e pulou para dentro.

Quando a menina, em vez da bruxa, viu tão lindo rapaz, mostrou-se assustadíssima, porque era a primeira vez na vida que punha os olhos num homem. Mas o susto foi passando aos poucos, à medida que o príncipe lhe dirigia as mais doces palavras de amor. E quando finalmente o moço indagou se ela queria casar-se com ele, Rapunzel compreendeu que o casamento era o único meio de livrar-se daquela prisão. E aceitou a proposta.

— Sim — disse ela, estendendo a mão ao príncipe. — Estou pronta para casar consigo; só não sei como descer desta maldita torre. O melhor será o seguinte. Cada vez que vier visitar-me, deverá trazer uma meada de seda, com a qual irei tecendo uma escada. Quando essa escada estiver do comprimento necessário, então descerei e fugirei na garupa do seu corcel.

E também combinaram que ele só subiria à torre de noite, visto como a bruxa passava ali o dia. E assim começaram a fazer sem que a feiticeira nada percebesse.

Certa vez, porém, Rapunzel lhe disse com toda a inocência:

— Mãe, como é que a senhora custa tanto a subir pelo meu cabelo e o príncipe sobe em três tempos?

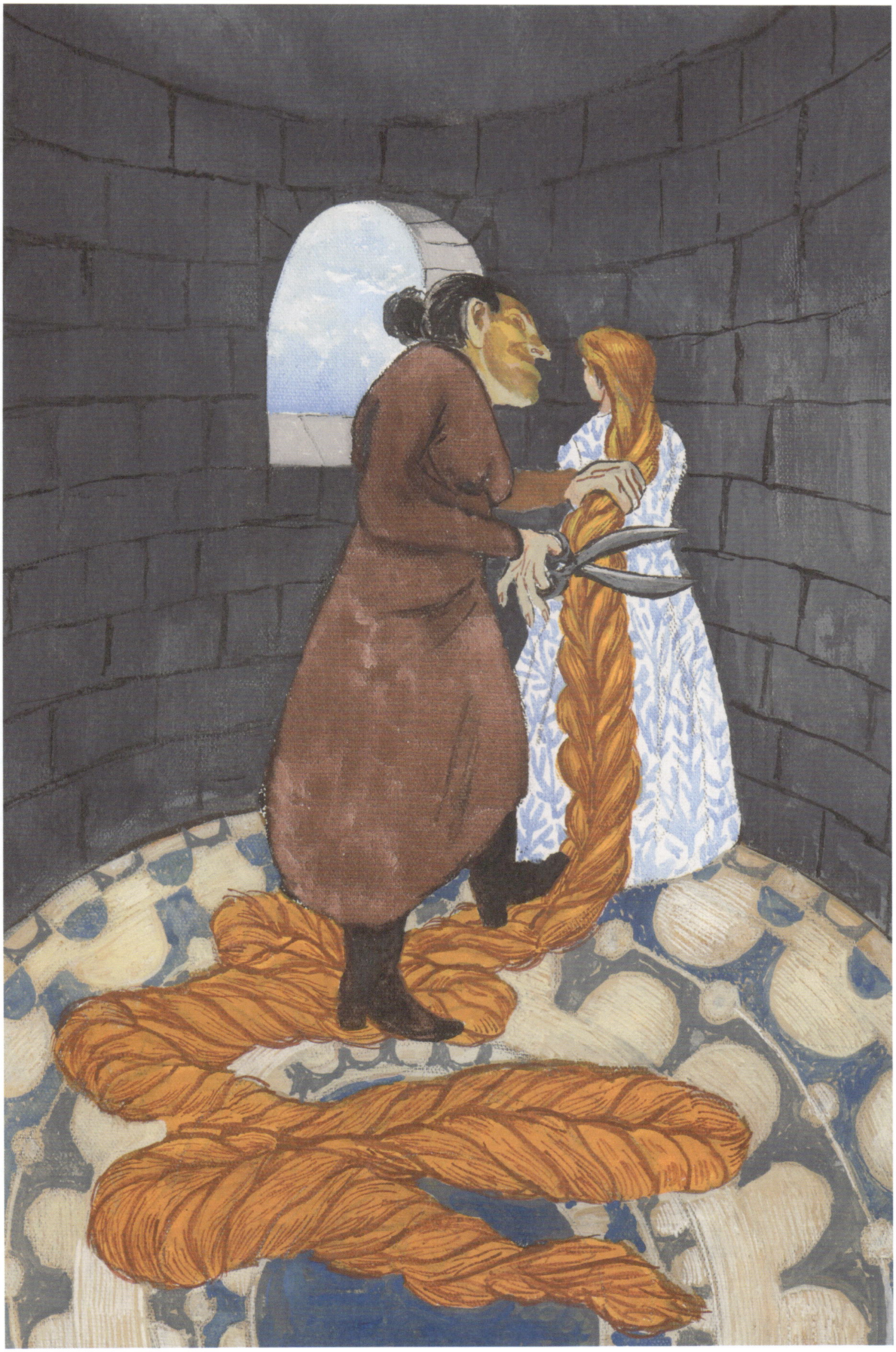

— Oh, desgraçada! — exclamou a bruxa furiosa. — Eu fiz tudo para separá-la do mundo e não é que você me anda com príncipes por aqui?

E agarrando-a pelos cabelos arrastou-a pela sala e deu-lhe uma grande surra; por fim cortou-lhe o cabelo com uma tesoura. Não contente com isso levou-a para um deserto, onde a abandonou sozinha na mais triste miséria. Voltou então à torre e amarrou a cabeleira cortada à janela.

Quando foi de noite o príncipe veio e gritou como de costume:

Rapunzel! Rapunzel!
Lança-me as tuas tranças!

A bruxa então jogou para fora as tranças e deixou que o príncipe subisse por elas. Coitado! Ao chegar lá em cima, em vez da linda namorada o que viu foi a horrenda cara da bruxa.

— Ah! Ah! Ah! — gargalhou ela diabolicamente. — Veio buscar a namorada, não é? Pois o rouxinol já não está neste ninho. Uma gata o levou para bem longe e vai agora arrancar-lhe os dois olhos. Não pense mais em Rapunzel. Rapunzel morreu.

O príncipe ficou desvairado de dor ao ouvir tais palavras e no seu desespero atirou-se da torre abaixo. Não morreu da queda, visto ter caído sobre uma touceira de espinhos — mas teve os dois olhos furados, sem poder regressar para o seu reino. Ficou vivendo na floresta, alimentando-se de raízes e frutas silvestres, sempre a chorar a perda da noiva adorada.

Mas um dia o destino o conduziu para o deserto onde se achava a moça, a qual o reconheceu imediatamente. Abraçaram-se entre lágrimas de amor — e as lágrimas de Rapunzel haviam ficado tão milagrosas com os anos de martírio, que uma que molhou os olhos do príncipe fez que ele recuperasse a vista num instante.

Voltaram então para o reino, onde foram recebidos com grandes festas.

A bruxa ninguém soube que fim levou. Com certeza engasgou-se com os seus rabanetes e morreu asfixiada. Se foi assim, bem feito!

PELE DE URSO

Era uma vez um rapaz muito corajoso, de nome Miguel. Desde menino o seu maior desejo sempre fora ser soldado e ao chegar em idade própria alistou-se num batalhão. Logo depois veio uma guerra, na qual se comportou muito bem, combatendo sempre nas primeiras linhas. Quando a guerra acabou, Miguel viu-se dispensado e recebeu em paga dos seus serviços uma pequena soma de dinheiro.

De volta para a terra natal, Miguel já não encontrou os velhos pais, mortos durante a guerra; só viu na casa os dois únicos irmãos que tinha, aos quais pediu que o deixassem ficar por ali até que viesse nova guerra. Miguel só sabia guerrear.

— Impossível, meu caro! — responderam eles. — Vivemos com grande aperto e não podemos sustentar uma criatura que nada entende dos trabalhos do campo.

O pobre soldado ficou muito triste. Viu-se abandonado no mundo, sem profissão e possuidor apenas de uma espingarda. Como iria agora ganhar a vida?

Coçou a cabeça num grande desânimo e pôs-se a andar ao acaso. Logo adiante sentou-se debaixo de uma árvore.

— Sou já muito velho para aprender um ofício — começou a refletir — e se me ponho a mendigar, todos dirão que é uma vergonha um homem forte como eu viver da caridade pública. Tenho de morrer de fome.

Nisto ouviu atrás de si um rumor. Voltou-se: era um homem com ares de fidalgo, de casaco verde e cascos em vez de pés.

— Conheço a sua situação — disse-lhe o homem — e posso arrumar a sua vida; mas primeiro tenho de tirar a prova se é mesmo valente.

— Pois tire a prova — respondeu Miguel, que na verdade era muito valente. — Já enfrentei a morte inúmeras vezes sem nunca tremer.

— Nesse caso, olhe lá! — disse o homem apontando para o outro lado.

Miguel olhou e viu a poucos passos um enorme urso de boca aberta, pronto para arremessar-se.

— Olá! — exclamou alegremente. — Vou já fechar essa bocarra para sempre. — E apontando a espingarda deu um tiro certeiro que fulminou o urso.

— Muito bem! — aprovou o homem de casaco verde. — Vejo que é de fato corajoso, mas essa prova não basta. Há ainda outra.

— Aceito quantas quiser — tornou o soldado —, menos alguma em que tenha de vender minha alma ao diabo.

— A segunda prova é esta: durante sete anos não tomará banho, não penteará o cabelo, não cortará as unhas, não fará a barba, e também não rezará nem sequer um Padre-Nosso. Se morrer nesse intervalo a sua alma ficará me pertencendo; se não morrer, estará salvo para sempre. Durante os sete anos eu lhe fornecerei dinheiro aos montes. Aceita?

Miguel vacilou uns momentos; mas refletiu que, corajoso como era, havia de dar jeito de livrar-se dos perigos durante aquele prazo de sete anos e depois viveria rico e feliz. E resolveu aceitar a proposta.

O fidalgo, então, "que era o próprio diabo em pessoa", despiu o casaco verde, que entregou ao soldado dizendo:

— Este casaco não se estraga nunca e quem o veste encontrará os bolsos sempre cheios de moedas de ouro.

Em seguida tirou a pele do urso e disse:

— Leve também isto, que servirá de capote, cobertor e cama, pois durante os sete anos só poderá deitar-se no chão.

Disse e desapareceu.

Miguel foi logo examinar os bolsos do casaco verde e viu que realmente estavam cheios de moedas de ouro. Sentiu grande contentamento e, jogando aos ombros a pele do urso, pôs-se de novo a caminho para correr mundo.

Nos primeiros tempos levou vida regalada, e como havia sido soldado, não se incomodava de dormir no chão. Passado um ano, porém, começou a transformar-se num verdadeiro bicho nojento. Os cabelos pareciam uma maçaroca de vassoura de cozinha e as unhas até o atrapalhavam, de tão longas. O rosto e o corpo tornaram-se de tal modo imundos que lembravam um monte de esterco. Arroz plantado nele devia dar muito bem. Miguel ficou um verdadeiro monstro. Mal aparecia, as mulheres e as crianças disparavam aos gritos de socorro. Ele, entretanto, dava muitas esmolas aos necessitados, em troca de, em suas orações, pedirem a Deus que o não deixasse morrer antes dos sete anos; também gastava bom dinheiro nas hospedarias, de modo que o povo acabou acostumando-se com a sua sujeira e feiura.

No quarto ano daquela vida chegou certa vez a uma estalagem desconhecida. O dono assustou-se e passou mão de um porrete para impedi-lo de entrar. Miguel com toda a humildade pediu um lugarzinho na cocheira, mas nem nisso quis o homem consentir, alegando que iria espantar os cavalos. Por fim, ao ver que Miguel tinha dinheiro, deu-lhe licença de ficar num lenheiro do quintal, mas com a condição de não mostrar-se a nenhum dos hóspedes.

O pobre Miguel já andava muito sentido da repulsa que inspirava a toda a gente, e arrependido de ter aceitado a proposta do homem de casaco verde. Estava naquele dia a refletir nisso quando ouviu soluços no quarto próximo. O seu bom coração levou-o a ir ver o que era. Abriu a porta, espiou e deu com um velho que estorcia as mãos de desespero. Ao avistar aquele monstro, o velho quis fugir — mas Miguel lhe falou bondosamente, conseguindo sossegá-lo.

— E agora, meu velho, conte-me porque está assim desesperado.

O velho contou que tinha feito maus negócios e a sua casinha ia ser vendida em leilão para pagamento de dívidas. Em vista disso viera àquela cidade implorar o socorro de um parente rico; fora, porém, muito mal recebido, e agora estava sem dinheiro até para pagar a hospedagem. Momentos antes a dona da casa o viera ameaçar de prisão.

— Se eu fosse só no mundo — concluiu ele —, não seria nada, mas tenho três filhas em casa. Que vai ser das coitadinhas, meu Deus!

Aquelas desgraças comoveram Miguel, que disse:

— Não se amofine, meu caro. Vou arrumar sua vida.

No dia seguinte, cedo, foi ter com o estalajadeiro ao qual pagou a hospedagem do velho; depois deu a este uma bolsa de moedas de ouro com uma quantia muito maior que a necessária para a liquidação das suas dívidas.

O velho ficou assombrado a ponto de perder a fala. Por fim rompeu num acesso de choro — choro de alegria.

— Como poderei provar a minha gratidão ao meu generoso salvador? Escute. Minhas filhas são maravilhosamente belas. Quererá casar-se com alguma? A sua aparência, meu amigo, é desanimadora, mas quando as meninas souberem do bom coração que tem e do que fez por mim, nenhuma se recusará a aceitá-lo como esposo.

Aquela proposta agradou a Miguel, que lá se foi com o velho para a terra onde ele morava. Quando chegaram e Miguel entrou na casinha, a filha mais velha quase morreu de susto. E como o pai lhe falasse em casamento, horrorizou-se, declarando que antes preferia morrer a casar-se com semelhante monstro. E sumiu-se da sala.

A filha do meio apareceu em seguida e mostrou-se mais animosa na presença de Miguel. Mas quando seu pai lhe propôs o casamento, riu-se com ironia.

— Que lindo noivo, meu pai! Nem figura humana tem. Prefiro casar-me com o macaco que anda a dançar pela cordinha aí nas ruas. Ao menos sabe fazer caretas engraçadas...

Finalmente chegou a vez da filha mais criança.

— Meu pai — disse ela —, se o senhor fez tal promessa a esse homem e ele é realmente o nosso salvador, estou pronta para aceitá-lo como esposo. Vejo que é feio só por fora, pois possui um grande coração... e isso é tudo.

Essas palavras encheram Miguel de alegria, sem que ninguém o percebesse. Estava tão recoberto de pelos e sujeira que era impossível notar-se qualquer expressão em seu rosto. Tomou ele um anel de ouro, que partiu em dois pedaços; num escreveu o seu próprio nome e o entregou à menina; no outro escreveu o nome de Marta, que era o dela, e guardou-o consigo.

— Conserve este pedaço de anel, menina, porque tenho de partir e correr mundo por mais três anos. Se um mês depois de passados três anos eu não reaparecer, a menina estará livre de qualquer compromisso. Será sinal de que morri. Mas durante esse tempo nunca deixe de pedir a Deus pela conservação da minha vida.

Disse adeus e partiu. A noiva trajou-se logo de preto, declarando que só usaria essa cor até que Miguel voltasse. Coitadinha! As irmãs caçoavam dela todo o tempo. "Casar-se com um urso!", dizia uma. "Vai devorá-la já na primeira noite." E a outra dizia: "Cuidado! Nada de comer doces perto dele. Os ursos são doidinhos por doce, e o seu 'marido' pode avançar." Ou então: "Os ursos dançam muito bem e é bom que a noiva aprenda desde já a bela dança do urso!"

Lá no fundo do seu quartinho a menina chorava em segredo, mas nunca respondia às caçoadas das irmãs. Em vez disso pedia fervorosamente a Deus pela vida do horrível noivo.

Miguel prosseguiu na sua vida errante; ia fazendo o bem por onde passava, desse modo aumentando o número dos que por ele pediam em suas orações. Isso fez que Deus o protegesse contra todos os perigos que o diabo não cessava de lhe ir armando pelo caminho. E, assim, correram os três últimos anos.

Na véspera de completar-se o prazo, Miguel dirigiu-se para aquela árvore onde sete anos antes se encontrara com o homem do casaco verde. Sentou-se embaixo e ficou atento. Súbito, uma rajada de vento sacudiu a floresta — e pela segunda vez o diabo apresentou-se diante de Miguel. Estava visivelmente de muito mau humor.

— Ande lá! — gritou-lhe o diabo. — Devolva-me o meu casaco verde, vamos!

— Mais devagar! — respondeu Miguel. — Antes disso tem de pôr-me como eu era.

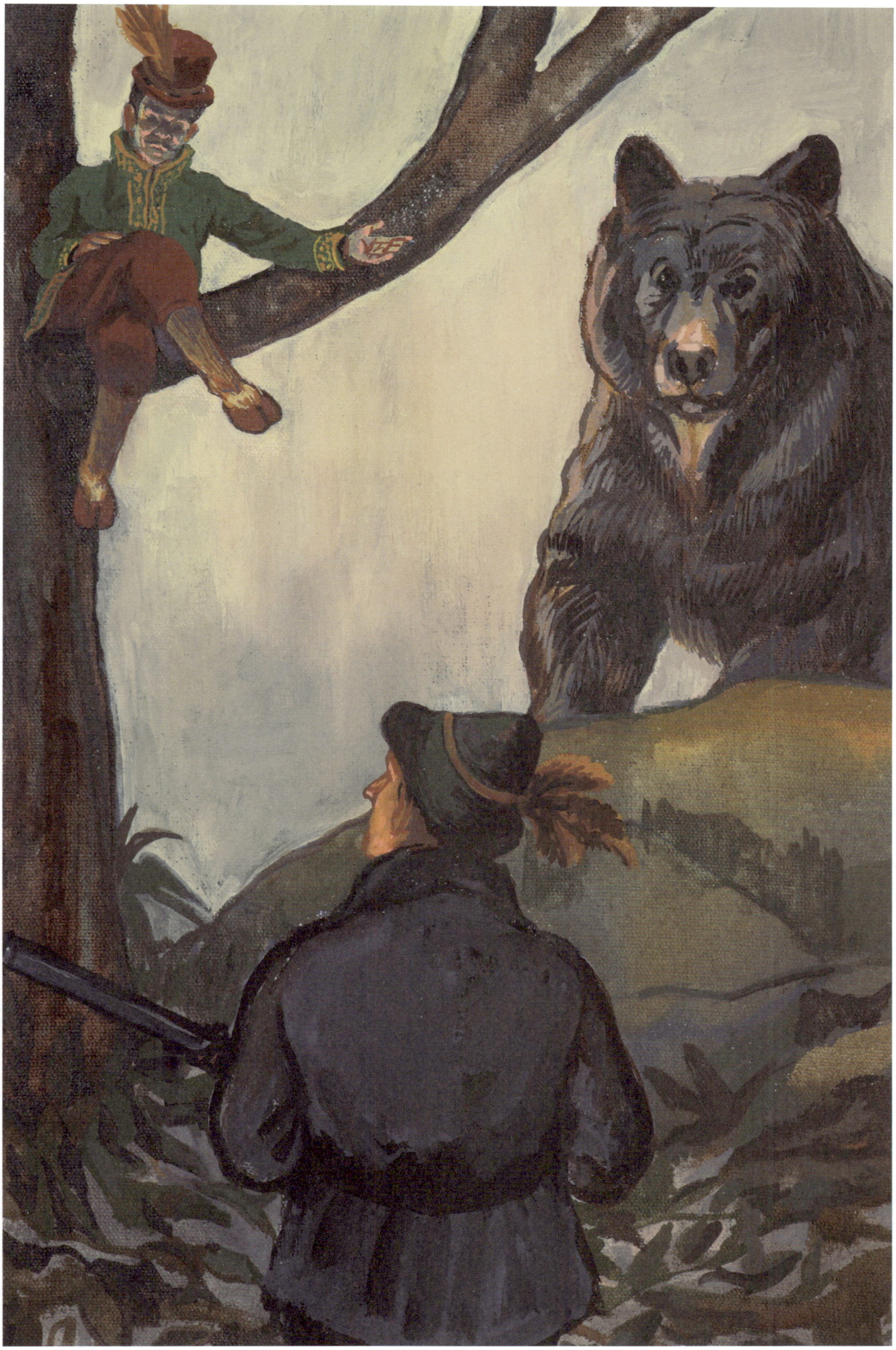

Nada mais justo, e o diabo não teve dúvida em cortar-lhe o cabelo, a barba e as unhas, e limpar-lhe a cara e o corpo inteiro do cascão de sujeira velha. Quando o serviço terminou, Miguel apareceu ainda mais bonito que antes. Parecia até um general.

Em seguida o diabo afastou-se em outra rajada de vento, aborrecidíssimo com o logro, e Miguel foi juntar as moedas de ouro que durante as suas viagens enterrara em diversos pontos. Formou um montão enorme, e com esse dinheiro adquiriu um formoso castelo rodeado de lindo parque. Depois vestiu-se de veludos e rendas, como um grande fidalgo, e numa carruagem das mais belas, puxada por quatro cavalos e da mais fina raça, dirigiu-se à humilde casinha da sua noiva.

Bateu. Entrou e disse que parara ali apenas para beber um copo d'água. Ficaram todos admiradíssimos de ver tão opulento fidalgo e ofereceram-lhe o melhor quarto para descansar. O velho tratou logo de apresentar as meninas. Miguel mostrou-se admirado de tanta beleza e disse que se consideraria muito feliz se pudesse casar-se com uma delas.

Imediatamente as duas de mais idade correram para seus quartos a fim de vestirem os melhores vestidos e enfeitarem-se da melhor maneira. Só a mais nova, sempre entrajada de preto, não se mexeu do lugar, muito tristonha. O conde então (todos tomaram Miguel por um poderoso conde) pediu licença para beber à saúde dela e ao tocarem os copos deixou cair no de Marta o pedaço de anel que trazia o seu nome.

Marta bebeu e vendo qualquer coisa a brilhar no fundo do copo, mostrou-se admirada. Olhou bem: era o anel de noivado! Comovidíssima e com o coração aos pulos, tirou do seio a outra metade do anel, e juntou-as. Deu certo!

— Sossegue, Marta! — disse então Miguel. — Sou eu mesmo. Sou o seu noivo de três anos atrás. Graças ao bom Deus readquiri minha forma primitiva e aqui estou para dar cumprimento à minha palavra. Quero ser esposo fiel daquela que se apiedou de mim num tempo em que todos me tinham asco.

Nesse momento entraram as irmãs mais velhas, enfeitadíssimas de quanta fita, renda e joia havia. Vinham radiantes; mas ao darem com o "conde" festejando a caçula, perceberam tudo e caíram de costas desmaiadas. Tamanho foi o desespero de ambas, que nesse mesmo dia a mais velha se atirou num poço e a outra tomou veneno.

À noite alguém bateu na vidraça. Miguel abriu. Era o diabo, sempre no mesmo disfarce do casaco verde.

— Atirei no que vi e matei o que não vi — disse ele piscando infernalmente um olho. — Não apanhei a sua alma, Senhor Miguel, mas em compensação fisguei as almas das duas meninas...

Gostou? Que tal criar seu próprio conto de fadas?
Aqui vai uma sugestão para começar:

ERA UMA VEZ, UMA CRIANÇA MUITO _____

Direção editorial
Daniele Cajueiro

Editora responsável
Mariana Elia

Produção editorial
Adriana Torres
Mariana Bard
Júlia Ribeiro

Revisão
Laiane Flores

Projeto gráfico, capa e diagramação
Larissa Carvalho

Este livro foi impresso em 2020
para a Nova Fronteira.

PELE DE URSO ✶ A MENINA DA CAPINHA VERMELHA
Os músicos de Bremen ✶ RUMPELSTILTSKIN ✶ Os dois irmãozinhos
A MENINA DA CAPINHA VERMELHA ✶ O ganso dourado ✶ AS ENTEADAS E OS ANÕES
Os dois irmãozinhos ✶ O NARIZ DE LÉGUA E MEIA ✶ Rapunzel
AS ENTEADAS E OS ANÕES ✶ O ALFAIATE VALENTÃO ✶ Os músicos de Bremen
Rapunzel ✶ PELE DE URSO ✶ A MENINA DA CAPINHA VERMELHA
Os músicos de Bremen ✶ RUMPELSTILTSKIN ✶ Os dois irmãozinhos
A CAPINHA VERMELHA ✶ O ganso dourado ✶ AS ENTEADAS
Os dois irmãozinhos ✶ O NARIZ DE LÉGUA E MEIA
AS ENTEADAS E OS ANÕES ✶ O ALFAIATE VALENTÃO
O NARIZ E LÉGUA E MEIA ✶ Rapunzel ✶ PELE DE URSO ✶ A MENINA
O ALFAIATE VALENTÃO ✶ Os músicos de Bremen ✶ RUMPEL
PELE DE URSO ✶ A MENINA DA CAPINHA VERMELHA ✶ O ganso dourado
RUMPELSTILTSKIN ✶ Os dois irmãozinhos ✶ O
O ganso dourado ✶ AS ENTEADAS E OS ANÕES ✶ O
Os dois irmãozinhos ✶ O NARIZ DE LÉGUA E MEIA ✶ Rapunzel ✶ PE
AS ENTEADAS E OS ANÕES ✶ O ALFAIATE VALENTÃO ✶ Os músicos de Bre
Rapunzel ✶ PELE DE URSO ✶ A MENINA DA CAPINHA VERMELH
Os músicos de Bremen ✶ RUMPELSTILTSKIN ✶ Os dois irm
A MENINA DA CAPINHA VERMELHA ✶ O ganso dourado ✶ AS ENTEADAS E
Os dois irmãozinhos ✶ O NARIZ DE LÉGUA E MEIA ✶ Rap

A menina da capinha vermelha? Não era Chapeuzinho Vermelho? Era, mas foi assim que Monteiro Lobato decidiu chamá-la ao contar sua história. Além dela, Lobato nos trouxe outros personagens eternizados pelos irmãos Grimm. Aqui você vai conhecer o alfaiate valentão, o pobre soldado que vê seu nariz crescer até perdê-lo de vista, o anão que tem um nome muito, mas muito complicado, entre outras figuras do universo dos contos de fadas. Maravilhoso, sim ou com certeza?!

A MENINA DA CAPINHA VERMELHA ✷ *O ganso dourado* ✷ AS ENTEADAS E OS ANÕES ✷ *O ALFAIATE VALENTÃO* ✷ OS MÚSICOS DE BREMEN ✷ *Rumpelstiltskin* *Os dois irmãozinhos* ✷ O NARIZ DE LÉGUA E MEIA ✷ *Rapunzel* ✷ PELE DE URSO

INCLUI BRINDE EXCLUSIVO!

Editora Nova Fronteira

9 788520 945841